朱　湘◎著

朱湘精品文集

Zhuxiang jingpin wenji

团结出版社

UNITY PRESS

图书在版编目（CIP）数据

朱湘精品文集／朱湘著. —北京：团结出版社，
2018.1（2019.7重印）

ISBN 978-7-5126-5434-1

Ⅰ.①朱… Ⅱ.①朱… Ⅲ.①中国文学—现代文学—
作品综合集 Ⅳ.①I216.2

中国版本图书馆 CIP 数据核字（2017）第 196886 号

出　　版：团结出版社
　　　　　（北京市东城区东皇城根南街 84 号　邮编：100006）
电　　话：（010）65228880　65244790（出版社）
　　　　　（010）65238766　85113874　65133603（发行部）
　　　　　（010）65133603　　（邮购）
网　　址：http：//www.tjpress.com
E-mail：65244790@163.com（出版社）
　　　　　fx65133603@163.com（发行部邮购）
经　　销：全国新华书店
印　　刷：三河市同力彩印有限公司

开　　本：155 毫米×220 毫米　16 开
印　　张：13.5
印　　数：3000
字　　数：200 千字
版　　次：2018 年 1 月第 1 版
印　　次：2019 年 7 月第 2 次印刷

书　　号：978-7-5126-5434-1
定　　价：68.00 元

前言 / QIANYAN

20世纪初期，世界列强把中国变成了半封建半殖民地的国家，民族危机感对20世纪中国民族的文化心理产生了不可估量的影响。现代与传统，新思潮与旧意识的斗争愈演愈烈。

先是"白话文运动"，接着就是陈独秀和胡适极力倡导的文学现代化。从此，就如打开了闸门的洪水，现代文学以汹涌澎湃之势，义无反顾地冲决一切阻力，不可遏止地形成了一片汪洋。从而，一种崭新的文学形态在深重的危机感和中国古典文学厚重的土壤上诞生了。

进入20世纪20年代，现代文学的影响和实践范围进一步拓展，由泛泛的思想和宣传转化为具体而专门的文学实践。

全国各大城市风起云涌般地出现了种种刊物，报纸也纷纷办起了副刊，有意无意地发表了许多散文、小说、小品等白话文学作品，一时竟蔚然成风，为现代文学开辟了阵地。全国各地也涌现出了许多青年文学社团，造就了一大批卓有建树的现代文学作家。一时间，写散文、写小说、写诗歌、写小品、写剧本，翻译欧、美、日文学作品，出专集、出结集、出选集……蔚为大观。

作家们在自己的作品中生动地抒写了自己的禀性、气质、情思、嗜好、习惯、修养、人生经历和人生哲学，生动地表现了自己的思想感情和人格，无情地撕破了道貌岸然的面具，彻底地反对封建主义桎梏，彻底摒弃了为圣人解经、为圣人立言的旧思想、旧传统，字里行间充满了民族觉醒和自我解放，这反映了作者们由封闭型思维体系向开放型思维体系的转化，即由自我完善、自我调节、自我延续向面对世界、面对新潮、面对社会人生转化。

当然，每一位作家的经历不同，其间中西、新旧、激进与保守思想的差异也必然存在。但无论如何，中国现代作家自觉地将文学的内容和形式与时代联系起来，共同地给予现代文学规定了明确的目的：即文学的创作是这样一种时代的工作，它本身是历史向未来过渡的一个重要部分。而未来，必然是比当时美好的，有希望的。

朱湘是新月派又一重要的作家、诗人。

朱湘（1904—1933），字子沅，安徽太湖人，出生于湖南沅陵。1919年考入北京清华大学，加入由闻一多、梁实秋等组建的"清华文学社"。1922年开始在《小说月报》等刊物上发表作品，并参加"文学研究会"。1923年被学校除名。1926年参与徐志摩、闻一多主办的《晨报副刊·诗镌》活动，并成为倡导新诗格律化的重要成员。同年，为取得出国留学机会，重入清华留美预备班学习。1927年赴美留学，先后入劳伦斯大学、芝加哥大学、俄亥俄大学等学校，攻读英语、英美文学和法语。强烈的民族自尊心和孤傲狷介的性格，使之难以忍受美国种族主义侮辱歧视，被逼屡屡转学。又加上生活穷困潦倒，因此于1929年提前回国。回国后任安徽大学英文系主任。不久去职，半流浪于北京、上海等地。终因经济困顿、家庭不睦、疾病缠身、精神绝望，于1933年12月自沉长江。

朱湘的诗形式完美、章法整齐、韵律和谐，对新诗格律化作出了有益的探索，是新月派中最讲究形式美的诗人。朱湘的散文十分注意意境的营造，而说理散文、叙事散文也很有自己的特点。

本书选编了朱湘作品的大部分，从中可以领略作者的思想和艺术才华。

目录 / MULU

>>> 诗

>>> **散文**

诗

海是我的母亲，
我向伊的怀里流去。
一日，
伊将抱着我倦了的身子，
摇着，
哼着催睡的歌儿。

回忆

纸窗下恬静的油灯，
室腰明，顶作圆形。
灯罩边仰首青年，
神游于圆影的中心。

铮铮的吆呼远闻，
上房中假哭着阿鲲。
晚饭菜厨下炒着，
好一片有望的声音。

——那时间无虑无忧，
如今呵变了逃囚。
但仍亮你的，油灯，
你的圆仍可神游。

笼鸟歌

我久废的羽翼复感到晨，
五彩的朝云在我身边后驰；
万里长空都是供我飞的，
崇高的情绪泛溢了我的心池。

春鸟

啼春之鸟，
我不知你是何名；
阴低云内，
你啼声远近俱闻。

我想起家乡，
微雨中地地栽秧；
你啼天上，
秧歌音跟你悠扬。

南归

（答赠恩沱、了、一三友）

我是一只孤独的雁雏，
朔方冰雪中我冻的垂死；
忽然一晨亮起友情的春阳，
将我已冷的赤心又复暖起。

我的双翼回温而有力，
仿佛雪中人入了炭盆的室中；
已毙的印象复活于眼前，
有如走马灯上的人物憧憧。

我还不乘此奋飞而南，
飞回我梦中不敢思念的家乡？
虽说早春还有吼空的刀风，
那痛快之死不比这郁结之生远强？

许久朋友们一片好意，
他们劝我复进玉琢的笼门，
他们说带我去见济慈的莺儿，

以纠正我尚未成调的歌声。

殊不知我只是东方一只小鸟，
我只想见荷花阴里的鸳鸯，
我只想闻泰岳松间的白鹤，
我只想听九华山上的凤凰。

北地的玄冰吸尽我的热力，
我更无力量去大气里遨游；
在江南我虽或仍无奋飞的羽毛，
江南本身就是一片如梦的温柔。

江南的山鲜艳如出浴的美人，
这里的永远披着灰土的旧衣；
江南的水仿佛高笑的群儿，
这里的只是一个赢童寂寞的独嬉。

江南夏日有楼阴下莫愁湖荷，
一足的白鹭立于柳岸的平沙；
蝉声度过湖水，声音柔了：
归去罢！江南正是我的故家。

江南秋天有遮檐的桂树，
争蜜的蜂声仍噪于黄花之丛间；
江南冬季有浮于溪面的梅馨：
归去罢！江南正是我的故园。

和暖的春阳在江南留恋，
有如含情之倩女莲步舒徐；
伊在这里迫于狂徒般匆匆归去，

随了伊归去罢！江南正是我的故居。

岁月流的真快，转瞬又到炎夏，
归去同游罢！艺术的燕燕，
归去同游罢！雏鹰与慈乌：
这地方不可久恋……

爆竹

（见子惠同题作）

跳上高云，
惊人的一鸣；
落下尸骨，
羽化了灵魂。

小河

海是我的母亲，
我向伊的怀里流去。
一日，
伊将抱着我倦了的身子，
摇着，
哼着催睡的歌儿；
我的灵魂将化为轻云，
飘飘的腾入空际，
——而又变形的落到地上，
被伊的爱力吸落到地上了。
阴阴春雨中
远处的泉声活活了。

热情

忽然卷起了热情的风飙，
鞭挞着心海的波浪，鲸鲲；
如电的眼光直射进玄古，
更有雷霆作嗓，叫入无垠。

我们问，为什么星宿万千，
能够亘古周行，不相妨碍？
吸力，是吸力把它们牵住——
吸力中最强的岂非恋爱？

这无爱的地球罪已深重，
除去毁灭之外没有良方。
我们把它一脚踢碎之后，
展开双翼在大气内翱翔。

我们的热情消溶去冰冻，
苏醒转月宫的白兔，桂花，
我们绑起斫情根的吴刚，
一把扔去填天狼的齿牙。

我们发出流星的白羽箭，
射死丑的蟾蜍，恶的天狗。
我们挥彗星的篠帚扫除，
拿南箕撮去一切的污朽。

我们把九个太阳都挂起，
一个正中，八个照亮八方。
我们要世间不再有寒冷，
我们要一切的黑暗重光。

我们拿北斗酌天河的水，
来庆贺我们自己的成功。
在河水酌饮完了的时候，
牛郎同织女便永远相逢。

欢乐在我们的内心爆裂，
把我们炸成了一片轻尘，
看哪像灿烂的陨星洒下，
半空中弥漫有花雨缤纷！

1925.8.24

答梦

我为什么还不能放下？
因为我现在漂流海中，
你的情好像一粒明星，
垂顾我于澄静的天空，
吸起我下沉的失望，
令我能勇敢的前向。

我为什么还不能放下？
是你自家留下了爱情，
他趁我不自知的梦里，
顽童一样搬演起戏文——
我真愿长久在梦中，
好同你长久的相逢！

我为什么还不能放下？
我们没有撒手的辰光，
好像波圈越摇曳越大，
虽然堤岸能加以阻防，
湖边柳仍然起微颤，

并且拂柔条吻水面。

情随着时光增加热度，
正如山的美随远增加；
棕榈的绿阴更为可爱
当流浪人度过了黄沙：
爱情呀，你替我回话，
我怎么能把她放下？

1925.5.19

情歌

在发芽的春天，
我想绣一身衣送怜，
上面要挑红豆，
还要挑比翼的双鸳——
但是绣成功衣裳，
已经过去了春光。

在浓绿的夏天，
我想折一枝荷赠怜，
因为我们的情，
同藕丝一样的缠绵——
谁知道莲子的心，
尝到了这般苦辛？

在结实的秋天，
我想拿下月来给怜，
代替她的圆镜，
映照她如月的容颜——
可惜月又有时亏，

不能常傍着绣帏。

如今到了冬天，
我一物还不曾献怜，
只余老了的心，
像残烬明暗在灰间，
被一阵冰冷的风，
扑灭得无影无踪！

1925.9.26

少年歌

我们是小羊，
跳跃过山坡同草场，
提起嗓子笑，
撒开腿来跑：
活泼是我们的主张。

我们是山泉，
白云中流下了高岸；
谁作泾的浊？
流成渭的清，
才不愧我们的真面目。

我们恨暮气，
恨一切衰朽的东西。
我们要永远，
热烈同勇敢，
直到死封闭起眼皮。

我们是新人，

我们要翻一阕新声。

来呀，搀起手，
少年歌在口，
同行人灿烂的前程！

1925.9.11

葬我

葬我在荷花池内，
耳边有水蚓拖声，
在绿荷叶的灯上，
萤火虫时暗时明——

葬我在马缨花下，
永作着芬芳的梦——
葬我在泰山之巅，
风声呜咽过孤松——

不然，就烧我成灰，
投入泛滥的春江，
与落花一同漂去，
无人知道的地方。

1925.2.2

摇篮歌

春天的花香真正醉人，
一阵阵温风拂上人身，
你瞧日光它移的多慢，
你听蜜蜂在窗子外哼：
睡呀，宝宝，
蜜蜂飞的真轻。

天上瞧不见一颗星星，
地上瞧不见一盏红灯；
什么声音也都听不到，
只有蚯蚓在天井里吟：
睡呀，宝宝，
蚯蚓都停了声。

一片片白云天空上行，
像是些小船飘过湖心，
一刻儿起，一刻儿又沉，
摇着船舱里安卧的人：
睡呀，宝宝，

你去跟那些云。

不怕它北风树枝上鸣，
放下窗子来关起房门；
不怕它结冰十分寒冷，
炭火生在那白铜的盆：
睡呀，宝宝，
挨着炭火的温。

1925.12.4

催妆曲

醒呀，从睡乡醒回，
晨鸡声呖呖在相催。
看呀，鸽子起来了，
她们在碧落里翻飞。

霞织的五彩衣裳，
悬挂在弯弯月钩上；
日神也捧着金镜，
等候你起来梳早妆。

画眉在杏枝上歌：
画眉人不起是因何？
远峰尖滴着新黛，
正好蘸来描画双蛾。

杨柳的丝发飘扬，
她对着如镜的池塘；
百花是薰沐已毕，
她们身上喷出芬芳。

起呀！趁草际珠垂，
春莺儿衔了额黄归，
赶快拿妆梳理好。
起呀！鸡声都在相催！

1925.9.28

采莲曲

小船呀轻飘，
杨柳呀风里颠摇；
荷叶呀翠盖，
荷花呀人样娇娆。
日落，
微波，
金丝闪动过小河。
左行，
右撑，
莲舟上扬起歌声。

菡萏呀半开，
蜂蝶呀不许轻来；
绿水呀相伴，
清净呀不染尘埃。
溪涧，
采莲，
水珠滑走过荷钱。
拍紧，

拍轻，
桨声应答着歌声。

藕心呀丝长，
羞涩呀水底深藏：
不见呀蚕茧，
丝多呀蛹裹中央？
溪头，
采藕，
女郎要采又夷犹。
波沉，
波升，
波上抑扬着歌声。

莲蓬呀子多，
两岸呀榴树婆娑，
喜鹊呀喧噪，
榴花呀落上新罗。
溪中，
采蓬，
耳鬓边晕着微红。
风定，
风生，
风飔荡漾着歌声。

升了呀月钩，
明了呀织女牵牛，
薄雾呀拂水，
凉风呀飘去莲舟。
花芳，

衣香，

消溶入一片苍茫。

时静，

时闻，

虚空里袅着歌音。

1925.10.24

昭君出塞

琵琶呀伴我的琵琶：
趁着如今人马不喧哗，
只听得蹄声嗒嗒，
我想凭着切肤的指甲，
弹出心里的嗟呀。

琵琶呀伴我的琵琶：
这儿没有青草发新芽，
也没有花枝低桠；
在敕勒川前，燕支山下，
只有冰树结琼花。

琵琶呀伴我的琵琶：
我不敢瞧落日照平沙，
雁飞过暮云之下，
不能为我传达一句话
到烟霭外的人家。

琵琶呀伴我的琵琶：

记得当初被选入京华，
常对着南天悲咤；
那知道如今去朝远嫁，
望昭阳又是天涯。

琵琶呀伴我的琵琶：
你瞧太阳落下了平沙，
夜风在荒野上发，
与一片马嘶声相应答，
远方响动了胡笳。

1926.3.27

端阳

满城飘着艾叶的浓香，
两把菖蒲悬挂在门旁，
它们的犀利有如宝剑，
为要镇防五毒的猖狂。

这天酒里面都放雄黄，
家家无老少都拿酒尝，
儿童的额上画着王字，
喝不完的酒洒满一房。

孩子们穿着老虎衣裳，
粽子呀粽子，尽是呼娘，
娘，你带我瞧划龙船去，
好容易今天到了端阳！

1925.12.12

秋

宁可死个枫叶的红，
灿烂的狂舞天空，
去追向南飞的鸿雁，
驾着万里的长风！

1925.11.10

眼珠

蝶翼上何以有双瞳？
雀尾上何以生眼睛？
谁知道？
谁知道？
她的眼珠呀！
何以像明月在潭心？

1925.11.11

猫诰

有一只老猫十分的信神，
连梦里他都咕哝着念经。
想必是夜中捉老鼠太累，
如今正午了都还在酣睡。
幸亏他的公子过来呼唤，
怕父亲错过了鱼拌的饭。
他爬起来把身子摇几摇，
耸起后背伸了一个懒腰；
他的生性是极其爱清洁，
他拿一双手掌洗脸不歇。
现在离用膳还有半小时。
他想，教完子再去也不迟。
他吩咐小猫侍坐在堂下，
便正颜厉色地开始说话：
仁儿，你已到了及冠之年，
有光明的未来在你面前，
父总是希望子光大家门，
何况我猫家本来有名声？
自惭一生与素餐为伍，

我如今只望你克绳祖武，
令我猫氏这大家不中落，
那我在泉下听了也快活。
第一我要谈猫氏的支分，
这些话你听了务必书绅：
我姓之起远在五千年上，
那时候三苗对尧舜反抗，
三苗便是我猫家的始祖，
他是大丈夫，不屈于威武。
但拿西方的科学来证明，
那猫姓的玄古更令人惊：
地质家说是我猫姓之起，
离现在已经有五万世纪；
并且威名震四方的山王，
都是我猫家的一个同房。
还有一别支是猫头鹰公，
他同我家祖上是把弟兄。
他们所以会结成了金兰，
是因眼睛同样的大而圆。
他在中州时郁郁不得意，
被一班迷信的人所远避，
气得追踪征西的班定远，
跑去了西域之西的雅典，
在那地方他的运气真好，
被主城的女神封作智鸟。
常言道东西的民族同源，
瞧我姓的沿革知非虚言。
我姓因为从三苗公起头，
便同中国的帝王结了仇，
所以一直皆是卷而藏之，

将不求闻达的宗旨坚持。
猫家人才算得天之骄子，
那班白种人何足以语此：
因为他们把时计制造成，
不过是近百年来的事情，
但我们在这五百万年中，
一直是用着计时的双瞳。
至于我猫家人蓄的短髭——
（说时候他摸嘴边的几丝；
仁儿也捏着新留的数根，
以表示自家是少年老成）
更算得一切医药的滥觞，
神农学了乖去便成帝王。
吁，小子！尔其慎志父之言，
庶先王之丕烈藉兹流传——
说到了此处时忽闻声响，
他停住了口不再朝下讲；
他的两眼中放射出光明，
屏着呼吸，不吐一丝声音。
有如，电光忽然照亮天空，
接着黑云又把天宇密封，
震撼全球的雷一声爆炸，
把摩云的古木立时打下：
同样，老猫跳去了箱子边，
一条老鼠已衔在牙缝间。
等到整条老鼠已经吞尽，
他又向着仁儿开始教训：
我猫家人个个谙习韬略，
只瞧我刚才的出如兔脱。
须知强权是近代的精神，

谈揖让便不能适者生存。
孔子虽曾三月不知肉味，
佛虽言杀生于人道有悖，
但是西方的科学在最近，
证明了肉质富有维他命。
并且受人之禄者忠其主，
家主养我们本来为擒鼠；
因为鼠虽然怕我们捉拿，
讲卫生的人类却极怕他。
我们于人类这般有功劳，
不料广东人居然会吃猫！
（注：不料精于味的广东人
居然赏识秀才变的酸丁。）
唉！负心的人今不少似古，
岂只是杀韩信的汉高祖？
所以我家主人如去广东，
那时候你切记着要罢工。
话才说到这里，忽闻呼唤，
原来是厨娘请去用午膳。
老猫停止了训诲，站起身，
小猫也垂着头在后紧跟。
行不多时，已经到了厨房：
有火腿同腌鱼悬挂走廊，
靠墙摆设着水缸与鸡笼，
有些枯菜的须撒在院中；
公鸡在瞅天，小鸡在奔跳，
母鸡哼的歌儿拖着长调，
群鹅有的伸颈，有的踱步，
一条狗来往的闻个不住；
锅里的青菜正在争论忙；

院中弥漫着燉肉的浓香。
老猫真不愧为大腹将军，
折冲樽俎时特别有精神。
不幸他们饭才吃了一半，
便有那条狗来到了身畔；
他毫不作礼的将猫挤走，
片时间鱼饭都卷进了口。
老猫直气得将两眼圆睁，
他一壁向狗呼，一壁退身。
小猫也跟着退出战阵外，
他恭听老猫最后的诰诫：
有一句话终身受用不竭，
便是老子说的大勇若怯！

1925.6.5—1925.6.8

月游

我骑着流星，
度过虹桥与天河，
向月宫走近，
想瞧不老的嫦娥。

水晶的宫殿，
关闭着两扇红门。
有一棵桂树，
绿叶中漏下清芬。

园里梅树下，
一只兔子在捣霜：
白莲香气内，
群鹅飘过了池塘。

妙龄的宫女，
还记得杨家玉环，
霓裳羽衣曲，
悠扬在宫殿中间。

老仆叫吴刚，
白须直垂到胸口；
他管修树枝，
一柄斧常拿在手。

他问知来意，
将我引进了深宫；
在白玉座前，
我见了她的面容。

她不愁寒冷，
身披白狐的裘衣。
夏天餐百合，
冬天拿松子充饥。

我呈上赘仪，
这些是海里所藏：
大珠从龙颔，
小珠从鲛人眼眶；

我呈上赘仪，
这些是山中所拿：
银花鹿的皮，
还有麝香与象牙；

我呈上赘仪，
这些是地上所搜：
珍珠梅，碧桃，
木笔，梨花，与绣球。

我向她问道：
要是你不嫌罗唆，
我情愿晓得，
你避太阳是为何？

太阳是金乌，
九只里惟它独存，
它背着后羿，
在我的后面紧跟。

我又向她问，
月亮圆缺的理由。
圆的是妆镜，
弯的是白玉帘钩。

她赠我月季，
花比美人还娇艳；
她赠我月饼，
霜作皮冰糖作馅。

象牙雕的车，
车前是一对绵羊，
是她送我的，
让我坐着回故乡。

我行过雪山，
行过冰川与云壑。
像一条白龙，
瀑布从峰头坠落。

我的车翻了！
滑进了瀑流中间！
我忽然惊醒，
月光恰落在床前。

1925.12.21

梦

这人生内岂惟梦是虚空？
人生比起梦来有何不同？
你瞧富贵繁华人了荒冢；
梦罢，
作到了好梦呀味也深浓！

酸辛充满了这人世之中，
美人的脸不常春花样红，
就是春花也怕飞霜结冻；
梦罢，
梦境里的花呀没有严冬！

水样清的月光漏下苍松，
山寺内舒徐的敲着夜钟，
梦一般的泉声在远方动：
梦罢，
月光里的梦呀趣味无穷！

酒样釅的花香薰得人慵，

蜜蜂在花枝上尽着嘤嗡，
一阵阵的暖风向窗内送：
梦罢，
日光里的梦呀其乐融融！

茔圹之内一点声息不通，
青色的圹灯光照亮朦胧，
黄土的人马在四边环拱：
梦罢，
坟墓里的梦呀无尽无终！

1926.4.12

歌

谁见过黄瘦的花，
累累结成硕果？
池沼中只有鱼虾，
不是藏蛟之所。
人不曾有过青春，
像花开，不盛，
像水长，不深，
不要想丰富的秋分！

太阳射下了金光，
照着花开满地；
春雨洒上了新秧，
田中一片绿意。
培养生命要爱情；
它比水还润，
比日光还温，
沾着它的无不茂生。

哭城

（内战事实）

他想爬上城楼，向了四方，
瞧瞧可有生路能够逃亡，
但是他的四肢十分疲弱——
长城！他不如鸟雀在苍苍？
还能自在的飞翔。

他的身边已经没有余粮；
饿得紧时，便拿黄土填肠——
那有树皮吃的还算洪福——
长城！不要看他大腹郎当，
看他的面瘦肌黄！

无边的原野上烤着炎阳，
没有一围树影能够遮藏；
等太阳在你的西头落下，
长城！那北风接着又猖狂，
连你都无法堤防。

筑城的人已经卒苦备尝，
筑城人的子孙又在遭殃……
你看罢，等我们一齐死尽，
长城！那时候你独立边疆，
看谁来陪伴凄凉！

如今你看不见李广摇缰，
看不见哥舒的旗帜飘扬——
与其后来看见胡人入塞，
长城！你还不如倒下山岗，
连我也葬在中央……

悲梦苇

像一声鸟鸣，
在月如银的夜间，
低，啼过幽谷，
高，叫在云边；
辽空是你的家，
哀音受自苍天——
不说眠了众生，
有谁听你发歌声；
就是鸦雀在枝头谛听呀，
孤鸟，
你也怎得留连？

泛海

我要乘船舶高航，
在这汪洋——
看浪花丛簇，
似白鸥升没，
看波澜似龙脊低昂；
还有鲸雏，
戏洪涛跳掷颠狂。

我要操一叶扁舟，
海底穷搜——
水黄如金屋，
就中藏宝物；
水蔚蓝蕴碧玉青璆；
沫溅珍珠；
耀珊瑚日落西流。

我要拿大海为家——
月放灯花；
碧落为营幕，

流苏缀星宿；
绡帐前龙女拨琵琶；
酾酒高呼，
任天风播入无涯！

洋

瀑布只知喧嚣它的长舌，
湖泽迂滞，小河跳过白沙，
浅才及绿氤氲下的竹爪，
大江，似蛟，挟石冲下雪山，
穿鞔鞑作声的暗洞，深穴，
乱山中撞开一峡，到平原，
宽广、舒徐的始流入东海——
唯有，洋！终古你面对碧空；
挟南极雪岭冰峰下的水，
辉映着棕榈，鳄鱼的炎阳，
在北斗光中扇白风凌乱。
你吞有天下之半而无声，
紫浪，雍容的，涵养十万里。
当鳌掉尾在百纪梦回时，
大地惊颤，张开口吻无底，
将胆色之涎，将赤焰狂喷——
但是你无损。
你流览鲸树吐发着珠花以为乐；
珊瑚林木般茂生在你的山，岛——

帝王家一茎已为宝，真穷；
还有珍珠斗大，莹圆似月，
悬在龙宫；宫前来往星鱼……
谁料到，你竟能包罗珍怪
在连天一碧中？更足惊奇，
你胸藏有太古来的秘密——
曾在共工断柱时你窥天得其玄秘；
及后女娲补罅
以肖七色虹的彩石，
她思启示地子以开辟之奥义，
乃日留金孔，银的在夜间，
雷雨时，画蝌蚪形的文字……
终惜地子目弱不能穿光，
愚蒙又不识字；茫茫万载，
解宇宙之谜的竟无其人。
洋！唯你认识天国之璀璨；
风，雷，水，火的变化与循环；
地之运周；生命有何归宿……
我愿，在乌云幕遮起太空，
人间世只听到鼾呼时候，
伴你无眠，潜行峭壁危岩，
听你广长舌的潮音自语！

天上

天上摇曳着一片云，
我不好穿，我不好穿……
我是泥同土里起的人；
我只能望了她舒展，
在太阳前面舒展衣衫。
石上流出了一股泉，
我不敢饮，我不敢饮……
我的口肮脏，自己羞惭；
我只能让那花去亲，
去亲泉水的纯洁之吻。

那夏天

你莫忘了那夏天，
连大地都浑身闷热的时光；
你莫忘了路边的那老栗，
为了你他洒下荫凉。

离开他你去了——天真，美丽，
你穿着贴肉的衣裳——
离开了他，你上前去寻觅，
池水边的一圈刺蔷。

未离开的时候——你须忘记——
有毛虫跌落在鞋旁……
听每天的午钟，你莫忘记，
那夏天的一树风凉！

扪心

唯有夜半，
人间世皆已入睡的时光，
我才能与心相对，
把人人我我细数端详。

白昼为虚伪所主管，
那时，心睡了，
在世间我只是一个聋盲；
那时，我走的道路，
都任随着环境主张。

人声扰攘，
不如这一两声狗叫汪汪——
至少它不会可亲反杀，
想诅咒时却满口褒扬！

最可悲的是，
众生已把虚伪遗忘；
他们忘了台下有人牵线，

自家是傀儡登场，
笑，啼都是环境在撮弄，
并非发自他的胸膛。

这一番体悟，
我自家不要也遗忘……
听，那邻人在呓语；
他又何尝不曾梦到？
只是醒来时便抛去一旁！

幸福

幸福呀，在这人间
向不曾见你显过容颜……
唯有苦辛时候，
无忧的往日在心上回甜，
你才露出真面，
说，无忧便是洪福——
等你说了时，又遮起轻烟。

有时我远望天边，
向希望之星挣扎而前；
一路自欣自喜，
任欺人的想象幻出凡间，
所无有的美满……
到了时，只闻恶鸟，
在荒郊里笑我行路三千！

何必将寿命俄延，
倘若无幸福贮在来年？
不过，未来之谜，

内中究竟藏了甚么新鲜，
有谁不想瞧见？
因此我一天有气，
一天也不肯闭起眼长眠。

一个省城

江水已经算好了，喝井水的
多着呢。全城到处都是臭虫，
卑鄙的臭虫。最销行日本货，
价钱巧，样式好看。莱蔬与肉
比上海贵。夏天，太太们时兴
高领子……还不曾看见穿单袍
没领子的男人。通城的院子
有一个树木多——那是教会的。
大学租用着圣保罗的旧址；
每到春天——想必真是
Spring fever——
定必要闹风潮。东门的城墙
拆了一半，还有一半剩下来；
城外有茅房，汽车站。

是前天
立的秋；像大雨一样，凉风在
树堆子里翻腾着。我凉醒了，
躺在床上，想起 Havelock

Ellis 的 The Dance of Life，恭维中国的古代，
说那时知道艺术的来生活……
这班外国人！他们专说几百、
几千年前的腐话！

一阵早钟。
一声儿啼，由外边送了进来。
我出了神靠在床上，思忖着。

动与静

在海滩上，你嘴亲了嘴以后，
便返身踏上船去开始浪游；
你说，要心靠牢了跳荡的心，
还有二十五年我须当等候。

热带的繁华与寒带的幽谧，
无穷的嬗递着，虽是慰枯寂——
你所要寻求的并不是这些；
抓到了爱，你的浪游才完毕。

在回忆中我销磨我的岁月；
火烧着你的形影，多么热烈！
不必寻求，你便是我的爱神；
供奉，祈祷他，便是我的事业。

雨

唯有从内地来的到如今
才看见"虹"正式的在落雨。
为了买皮鞋油的缘故，
我走过去了四川路桥。

车辆形成的墙边，有竹篱围着
一片空地；公司竖了木牌，
指明新屋所移去的地点。

没有尾声的喇叭唤过去。
雨落上车顶，落上千佛岩
一般的大厦。它没有沾湿
那扭腰身的"贾四"；
那灯光也仍旧贴了白磁在蜷卧。

如今已是七年了……梅怎样？
那一套新衣裳总该湿了……

柳浪闻莺

军阀的楹匾点缀着钱王祠。

水磨砖的月窗上雕有云彩，
双龙戏珠……"这是一幅好图案，"
同声的我们说。

"功德坊"前面是"柳浪闻莺。"
鸟儿已经去了；
那细腰的柳树却还在弄姿。

浣妇在湖边洗衣。

兵士淘米。

风推着树

风推着树。
像冬天，
一片波涛，
在崖前。

吼声愈大，
树愈傲——
风推不断，
质地牢。

枝干蟠曲，
像图画……
寒带正是，
它的家。

夜歌

唱一支古旧，古旧的歌……
朦胧的，有月下，
回忆，苍白着，远望天边，
不知何处的家……

说一句悄然，悄然的话……
有如漂泊的风，
不知怎么来的，在耳语，
对了草原的梦……

落一滴迟缓，迟缓的泪……
与露珠一样冷，
在衣衿上，心坎上，
不知何时落的，无声……

春歌

不声不响的认输了，
冬神收敛了阴霾，休歇了凶狠……
嘈嘈的，鸟儿在喧闹——
一个阳春哪，要一个阳春！

水面上已经笑起了一涡纹；
已经有蜜蜂屡次来追问……
昂昂的，花枝在瞻望——
一片瑞春哪，等一片瑞春！

好像是飞蛾在焰上成群，
剽疾的情感回旋得要晕……
纠纠的，人心在颤抖——
一次青春哪，过一次青春！

寻

你可以寻遍天堂，
从日生的时候寻到日死：
还燃起白烛夜中去寻觅——
你决不会寻到一种东西，
假君子！

你可以游遍阴曹，
看火油的锅里千人惨死；
这些鬼魂，无论多么叛逆，
他们总远强似一种东西，
假君子！

民意

与空气一般，无从捉摸，
亦不知抵抗，
远望去是一片青，
落落展开在天上……

狎弄它的要提防暴风，
来号令一切，
凭它得到的权势兴隆，
随了它毁灭。

残诗

湖中间忽然腾起黑浪，
一个个张口向我滚来；
劲风卷着水丝的薄雾，
吹得我的眼无法睁开。
我独撑着这小舟，
岸不知在天那头；
只有些云疾驶而过，
教我向谁去申诉悲哀？
我不能做水下的鱼，
任是浪多大依旧游行；
我不能做水上面的雁，
任是水多长它不停留。
我的舟尽着打圈，
看看要沉下波澜。
只是这样沉下去了呀，
不像子胥也不像屈平。
吞，让湖水吞起我的船，
从此不须再吃苦担忧！
……

虽然绿水同紫泥，
是我仅有的殓衣，
这样灭亡了也算好呀，
省得家人为我把泪流。

1931.5.15

戍卒

辽关绿草被西风一夜吹黄，
戈壁平沙连天铺满浓霜，
冷气悄无声将云逐过穹苍——
我披起冬裳，
不觉想到家乡。

家乡现在是畦中漫着禾香，
闪动的镰刀似蚕食过青桑，
朱红的柿子累累叶底深藏，
鸡雏在谷场，
噪着争拾余粮。

灯檠光似豆照着她坐机旁，
一丝丝的黑影在墙上奔忙。
秋虫畏冷倚墙根切切凄伤，
儿子卧空床，
梦中时唤耶娘。

一声啼雁拖曳过寒冷关荒，

它携伴南去追寻生命，阳光，
在白似绵的芦荡偃卧常年，
独留我迥徨，
在这萧索边疆。

1927.8.14

秋风

泪垂我并不是悲的西风，
但悲节近严冬。
树叶在枝头惊变了颜色，
郊原泣着秋虫，
凄怆不由人的袭入心胸。

人寿到了中年有似交秋，
虽然金满田畴。
灿烂的枝柯像贵人衣锦，
它们都不停留，
都随变幻的斜阳落山陬。

8.15

墓园

就是萧萧的白杨，
也无声：
安眠吧，你沉默的，
墓中人。

9.2

今宵

今宵是桂的中秋，
明月光照在清流。
原野间鸟声止奏，
剩寒蛩呜咽抒愁。

媚阳春一去不还，
色与香从此阑珊——
再不要登高望远，
万里中只见秋山！

不如趁皓月当头，
与嫦娥竟夕淹留。
莲蓬作盃子饮酒，
送归鸿飞过山陬。

1926.9.20

呼

谁能压得住火山不爆？
就是岩石也无法堤防，
它取道，
去寻太阳。
当不住劲风，
也不能叫松；
要北风怒号，
才会有松涛，
澎湃过，
黑云与紫电的长气。

1926.10.21

星文

我拿笔把星光浓蘸，
在夜之纸上写下诗章；
纸的四周愈加黑暗，
诗的文彩也分外辉煌。

儿歌

我拿芦苇作枪，
你骑白须的小羊，
且来分个高下，
在红叶铺的草场。

慰元度

贫苦的文人两手空空，
剩一点柔情揣在当胸。
命运那强徒忒是不公，
这点爱情于他并无用，
都被劫林中。

朋友，那地方能息游踪？
我与你高歌阮籍途穷。
在夕阳道上同蹈斜红，
让西风卷起心头悲痛，
乱洒进苍穹！

1926.11.30

乞丐

尺深的白雪棉絮一般，
他在龛桌下更觉森寒。
破庙无人任风吹雨打，
佛像的眼梢泪渍斑斓。
不独人间有贫贱富贵，
神道的时运也分顺背。

遮寒的稻草加厚一层，
身边却少了一个亲人。
三十年患难帮我驮过，
黄泉路上倒让你孤行。
来生为畜都莫叹命坏，
只要不投胎重作乞丐。

有人在门外踏过中途，
肩扛着半爿雪白肥猪。
他想起燉肉浓香四散，
透红的皮与蜜枣无殊。
远处依稀的放着鞭爆，
谁不在迎接新年来到？

小聚

描花的宫绢渗下灯光：
柔软灯光，
掩映纱窗，
我们围在红炭盆旁，
看炉香，
游丝般的徐徐袅上架，
须是梅朵娇黄。

宾客无人不夸奖厨娘：
妖艳厨娘，
糕饼当行，
嗅呀，它像樱口微张，
息芬芳，
那柔软又唇儿一样，
人怎不争着先尝？

夏夜

惺忪的月亮微睨着夜神，
林木悄然而卧不动分纹。
远田内有群蛙高声笑乐，
叶底的萤光一瞥目传情。

1930.5.15

小诗二首

一

睡，宝宝，睡！
你爸爸牧笛独吹。
你妈妈在摇那梦的树，
一朵梦的花落在你的铺。
睡，宝宝，睡！

二

送旧年迎接新年，
天光亮鞭炮声喧。
上年事业要下年继承，
上年过错时下年自新。
明年再过新年，
更新更好的年。

关外来的风

从前有花香，鸟儿唱，
在树的浓荫中！
如今只听见风在狂，
那关外来的风！

黄花岗上，
葬有鬼雄；
黄种儿孙，
浩气漫空！
你快把刀磨尖，磨亮，
炼肉成铁，炼骨成钢！

汉族人哪！大家静听
像悲歌在悲壮扬声，
像野马在郊外长鸣，
喇叭远方号——

那是义士，约好月上，
南北东西，来自四方，
枪在肩头，血在胸膛，
起义作暗号！

国魂

中国人啊，大家静听，
像大海在澎湃发声，
像高山在爆裂震崩。
喇叭远方号！

那是强邻犯我边疆，
夺我财宝，奸我女郎，
我们还有血在胸膛，
决不可逃遁！
快把国旗打开，
青天不要云霾。
白日当头，
赤血狂流，
创造崭新世界。

前进！那是国魂在叫，
她与祖宗在天俯眺。
男女儿孙，快去抵御强暴！

散文

　　他当时对着雕花的端砚，拿起新发的朱笔，在清淡的炉香气息中，圈点这本他心爱的书，那时候，他是决想不到这本书的未来命运。他自己的未来命运，是个怎样结局的；正如这现在读着这本书的我，不能知道我未来的命运将要如何一般。

打弹子

　　打弹子最好是在晚上。一间明亮的大房子，还没有进去的时候，已经听到弹子相碰的清脆声音。进房之后，看见许多张紫木的长台平列排着，鲜红的与粉白的弹子在绿色的呢毯上滑走。整个台子在雪亮的灯光下照得无微不见，连台子四围上边嵌镶的菱形螺钿都清晰地显出。许多的弹竿笔直的竖在墙上。衣钩上面有帽子、围巾、大氅。还有好几架钟，每架下面是一个算盘——听哪，嗒啦一声，正对着门的那个算盘上面，一下总加了有二十开外的黑珠。计数的伙计一个个站在算盘的旁边。

　　也有伙计陪着单身的客人打弹子。这样的伙计有两种，一种是陪已经打得很好的熟客打，一种是陪才学的生客打。陪熟客打的，一面低了头运用竿子，一面向客人嘻笑的说："你瞅吧！这竿儿再赶不上你，这碗儿饭就不吃啦！"陪生客打的，看见客人比了大半天，竿子总抽上了有十来趟，归根还是打在第一个弹子的正面就不动了，他看着时候，说不定心里满觉得这位客人有趣，但是脸上决不露出一丝笑容，只随便的带说一句，"你这球要低竿儿打红奔白就得啦。"

　　打弹子的人有穿灰色爱国布罩袍的学生，有穿藏青花呢西服的教员，有穿礼服呢马褂淡青哔叽面子羊皮袍的衙门里人。另有一个，身上是浅色花缎的皮袍，左边的袖子捋了起来，露出细泽的灰鼠里子，并且左手的手指上还有一只耀目的金戒指。这想必是富商的儿子罢。这些人里面，有的面呈微笑，正打眼着"眼镜"。有的把竿子放去背后，作出一个优美的姿势来送它。有的这竿已经有了，右掌里握着的竿子从左手手面上顺溜地滑过去，打的人的身子也跟着灵动地扭过，再准备打下一竿。

"您来啦！您来啦！"伙计们在我同子离掀开青布绵花帘子的时候站起身，来把我们的帽子接了过去。"喝茶？龙井，香片？"

弹子摆好了，外面一对白的，里面一对红的。我们用粉块擦了一擦竿子的头，开始游戏了。

这些红的、白的弹子在绿呢上无声地滑走，很像一间宽敞的厅里绿毡毹上面舞蹈着的轻盈的美女。她披着鹅毛一样白的衣裳，衣裳上面绣的是金线的牡丹，柔软的细腰上系着一条满缀宝石的红带，头发扎成一束披在背后，手中握着一对孔雀毛，脚上穿的是一双红色的软鞋。脚尖矫捷的在绿毡毹上轻点着，一刻来了厅的这方，一刻去了厅的那方，一点响声也听不出，只偶尔有衣裳的窸窣，环佩的叮当，好像是替她的舞蹈按着拍子一样。

这些白的、红的弹子在绿呢上活泼地驰行，很像一片草地上有许多盛服的王孙公子围着观看的一双斗鸡。他们头顶上戴的是血一般红的冠。它们弯下身子，拱起颈，颈上的一圈毛都竦了起来，尾巴的翎毛也一片片的张开。它们一刻退到后头，把身体蜷伏起来，一刻又奔上前去，把两扇翅膀张开，向敌人扑啄。四围的人看得呆了，只在得胜的鸡骄扬的叫出的时候，他们才如梦初醒，也跟着同声的欢呼起来。

弹子在台上盘绕，像一群红眼珠的白鸽在蔚蓝的天空上面飘扬。弹子在台上旋转，像一对红眼珠的白鼠在方笼的架子上面翻身。弹子在台上溜行，像一只红眼珠的白兔在碧绿的草原上面飞跑。

还记得是三年前第一次跟了三哥学打弹子，也是在这一家。现在我又来这里打弹子了，三哥却早已离京他往。在这种乱的时世，兄弟们又要各自寻路谋生，离合是最难预说的了；知道还要多少年，才能兄弟聚首，再品一盘弹子呢？

正这样想着的时候，看见一对夫妇，同两个二十左右的女子，带着三个小孩子，一个老妈子，进来了球房：原来是夫妻俩来打弹子的。他们开盘以后，小孩子们一直站在台子旁边看热闹，并且指东问西，嘴说手画，兴头之大，真不下似当局的人。问的没有得到结果的时候，还要牵住母亲的裙子或者抓住她的弹竿唠叨的尽缠；被父亲呵了几句，才暂时静下一刻，但是不到多久，又哄起来了。

事情凑巧：有一次轮到父亲打，他的白球在他自己面前，别的三个都一齐靠在小孩子们站的这面的边上，并且聚拢在一起，正好让他打五分的，哪晓得这三个孩子看见这些弹子颜色鲜明得可爱，并且圆溜溜的好玩，都伸出双手跐起脚尖来抢着抓弹子；有一个孩子手掌太小，一时抓不起弹子来，他正在抓着的时候，父亲的弹子已经打过来了，手指上面打中一下，痛得呱呱的大哭起来。老妈子看到，赶紧跑过来把他抱去了茶几旁边，拿许多糖果哄他止哭。那两个孩子看见父亲的神气不对，连忙双手把弹子放回原处，也悄悄的偷回去茶几旁边坐下了。母亲连忙说："一个孩子已经够嚷的啦。咱们打球吧。"父亲气也不好，不气也不好，狠狠地盯了那两个孩子一眼，盯得他们在椅子上面直扭，他又开始打他的弹子了。

在这个当儿，子离正向我谈着"弹子经"。他说："打得妙的时候，一竿子可以打上整千。"他看见我的嘴张了一张，连忙接着说下："他们工夫到家的妙在能把四个球都赶上一个台角里边去，而后轻轻的慢慢的尽碰。"我说："这未免太不'武'了！大来大往，运用一些奇兵，才是我们的本色！"子离笑了一笑，不晓得他到底是赞成我的议论呀还是不赞成。其实，我自己遇到了这种机会的时候，也不肯轻易放过，所惜本领不高，只能连个几竿罢了。

我们一面自己打着弹子，一面看那对夫妇打。大概是他们极其客气，两人都不愿占先的缘故，所以结果是算盘上的黑珠有百分之八十都还在右头。我向四围望了一眼，打弹子的都是男人，女子打的只这一个；并且据我过去的一点经验而言，女子上球房我这还是第一次看见。我想了一想，不觉心里奇怪起来："女子打弹子，这是多么美的一件事！毡毹的平滑比得上她们肤容的润泽，弹竿的颀长比得上她们身段的苗条；弹子的红像她们的唇，弹子的白像她们的脸；她们的眼珠有弹丸的流动，她们的耳珠有弹丸的匀圆。网球在女界通行了，连篮球都在女界通行了，为什么打弹子这最美的、最适于女子玩耍的，最能展露出她们身材的曲线美的一种游戏反而被她们忽视了呢？"哪晓得我这样替弹子游戏抱着不平的时候，反把自己的事情耽误了，原来我这样心一分，打得越坏，一刻工夫已经被子离赶上去半趟，总共是多我一趟了。

现在已经打了很久了，歇下来看别人打的时候，自家的脑子里面都是充满着角度的纵横的线。我坐在茶几旁边，把我的眼睛所能见到的东西都拿来心里面比量，看要用一个什么角度才能打着。在这些腹阵当中，子离口噙的烟斗都没有逃去厄难。有一次我端起茶杯来的时候曾经这样算过："这茶杯作为我的球，高竿，薄球，一定可以碰茶壶，打到那个人头上的小瓜皮帽子。不然，厚一点，就打对面墙上那架钟。"

钟上的计时针引起了我的注意，现在时间已经不早了。我向子离说："这个半点打完，我们走吧。"

"三点！一块找！要辅币！毛巾！……谢谢您！您走啦！您走啦！"

临走出球房的时候，听到那一对夫妻里面的妻子说："有啦！打白碰到红啦！"丈夫提出了异议。但是旁观的两个女郎都帮她，"嫂嫂有啦！哥哥别赖！"

北海纪游

九日下午，去北海，想在那里作完我的洛神，呈给一位不认识的女郎，路上遇到刘兄梦苇，我就变更计划，邀他一同去逛一天北海。那里面有一条槐树的路，长约四里，路旁是两行高而且大的槐树，倚傍着小山，山外便是海水了；每当夕阳西下清风徐来的时候，到这槐荫之路上来散步，仰望是一片凉润的青碧，旁视是一片渺茫的波浪，波上有黄白各色的小艇往来其间，衬着水边的芦荻，路上的小红桥，枝叶之间偶尔瞧得见白塔高耸在远方，与它的赭色的塔门，黄金的塔尖，这条槐路的景致也可说是兼有清幽与富丽之美了。我本来是想去那条路上闲行的，但是到的时候天气还早，我们就转入濠濮园的后堂暂息。

这间后堂傍着一个小池，上有一座白石桥，池的两旁是小山，山上长着柏树，两山之间竖着一座石门，池中游鱼往来，间或有金鱼浮上。我们坐定之后，谈了些闲话，谈到我们这一班人所作的诗行由规律的字数组成的新诗之上去。梦苇告诉我，有许多人对于我们的这种举动大不以为然，但同时有两种人，一种是向来对新诗取厌恶态度的人，一种是新诗作了许久与我们悟出同样的道理的人，他们看见我们的这种新诗以后，起了深度的同情。后来又谈到一班作新诗的人当初本是轰轰烈烈，但是出了一个或两个集子之后，便销声匿迹，不仅没有集子陆续出来，并且连一首好诗都看不见了。梦苇对于这种现象的解释很激烈，他说这完全是因为一班人拿诗作进身之阶，等到名气成了，地位有了，诗也就跟着扔开了。他的话虽激烈，却也有部分的真理，不过我觉着主要的缘因另有两个：浅尝的倾向，抒情的偏重。我所说的浅尝者，便是那班本来不打算终身致力于诗，不过因了一时的风气而舍些工夫来此尝试一下的人。他们当中虽然不能说是竟无一人有诗的禀赋、涵养、见解、毅力，但是即使有的时候，也不深。等到这一点子热心与能耐用完之后，他们也就从此销声匿迹了。诗，与旁的学问旁的艺术一般，是一种终身的事业，并非靠了浅尝可以兴盛得起来的。最可恨的便是这些浅尝者之中有人居然连一点自知之明都没有，他们居然坚执着他们的荒谬主张，溺爱着他们的浅陋作品，对于真正的方在萌芽的新诗加以热骂与冷嘲，并且挂起他们的新诗老前辈的招牌来蒙蔽大众：这是新诗发达上的一个大阻梗。还有一个阻梗便是胡适的一种浅薄可笑的主张，他说，现代的诗应当偏重抒情的一方面，庶几可以适应忙碌的现代人的需要。殊不知诗之长短与其需时之多寡当中毫无比例而言。李白的《敬亭独坐》虽然只有寥寥的二十个字，但是要领略出它的好处，所需的时间之多，只有过于《木兰辞》而无不及。进一层，我们可以说，像《敬亭独坐》这一类的抒情诗，忙碌的现代人简直看不懂。再进一层说，忙碌的现代人干脆就不需要诗，小说他们都嫌没有功夫与精神去看，更何况诗？电影，我说，最不艺术的电影是最为现代人所需要的了。所以，我们如想迎合现代人的心理，就不必作诗；想作诗，就不必顾及现代人的嗜好。诗的种类很多，抒情不过是一种，此外如叙事诗、史诗、诗剧、讽刺诗、写景诗等等哪一种不是充满了丰富的希望，值得致力于诗的人去努力？上述的两种现象，抒情的偏重，使诗不能作多方面的发展，浅尝的倾向，使诗不能作到深宏与丰富的田地，便是新诗之所以不兴旺的两个主因。

我们谈完之后，时候已经不早了；我们便起身，转上槐路，绕海水的北岸，经过用黄色与淡青的琉璃瓦造成的琉璃牌楼，在路上谈了一些话，便租定一只小划船。这时候西北方已经起了乌云，并且时时有凉风吹过白色的水面，颇有雨意，但是我们下了船。我们看见一个女郎独划着一只绿色的船，她身上穿着白色的衣裙，手上戴着白色的手套，草帽是淡黄色的，她的身躯节奏的与双桨交互的低昂着，在船身转弯的时候，那种一手顺划一手逆划两臂错综而动的姿势更将女身的曲线美表现出来；我们看看，一边艳羡，一边自家划船的勇气也不觉的陡增十倍。本来我的右手是因为前几天划船过猛擦破了几块皮到如今刚合了创口的，到此也就忘记掉了。我们先从松坡图书馆向漪澜堂划了一个直过，接着便向金鳌玉竦桥放船过去；半路之上，果然有雨点稀疏的洒下来了。雨点落在水面之上，激起一个小涡，涡的外缘凸起，向中心凹下去，但是到了中心的时候，又突然的高起来，形成一个白的圆锥，上联着雨丝。这不过是刹那中的事。雨涡接着迅捷的向四周展开去，波纹越远越淡，以至于无。我此时不觉的联想起济慈的四行诗来：

"Ever let the Fancy roam,
Pleasure never is at home：
At a touch sweet pleasure melteth,
Like to bubbles when rain pelteth."

雨大了起来。雨点含着光有如水银粒似的密密落下。雨阵有如一排排的戈矛，在空中熠耀；忽促的雨点敲水声便是衔枚疾走时脚步的声息。这一片飒飒之中，还听到一种较高的声响，那就是雨落在新出水的荷叶上面时候发出来的。我们掉转船头，一面愉快的划着，一面避到水心的席棚下休息。

棹歌

求心

仰身呀桨落水中，
对长空；
俯首呀双桨如翼，
鸟凭风。
头上是天，
水在两边，
更无障碍当前；
白云驶空，
鱼游水中，
快乐呀与此正同。

岸侧

仰身呀桨在水中，
对长空；
俯首呀双桨如翼，
鸟凭风。
树有浓荫，
葭苇青青，
野花长满水滨；
鸟啼叶中，
鸥投苇丛，
蜻蜓呀头绿身红。

风朝

仰身呀桨落水中，
对长空；
俯首呀双桨如翼，
鸟凭风。
白浪扑来，
水雾拂腮，
天边布满云霾；
船晃得凶，
快往前冲，
小心呀翻进波中。

雨天

仰身呀桨落水中，
对长空；
俯首呀双桨如翼，
鸟凭风。
雨丝像帘，
水涡像钱，

一片缭乱轻烟；
雨势偶松，
暂展朦胧，
瞧见呀青的远峰。

春波

仰身呀桨落水中，
对长空；
俯首呀双桨如翼，
鸟凭风。
鸟儿高歌，
燕儿掠波，
鱼儿来往如梭；
白的云峰，
青的天空，
黄金呀日色融融。

夏荷

仰身呀桨落水中，
对长空；
俯首呀双桨如翼，
鸟凭风。
荷花清香，
缭绕船旁，
轻风飘起衣裳；
菱藻重重，
长在水中，
双桨呀欲举无从。

秋月

仰身呀桨落水中，

对长空；

俯首呀双桨如翼，

鸟凭风。

月在上飘，

船在下摇，

何人远处吹箫？

芦荻丛中，

吹过秋风，

水蚓呀应着寒蛩。

冬雪

仰身呀桨落水中，

对长空；

俯首呀双桨如翼，

鸟凭风。

雪花轻飞，

飞满山隈，

飞向树枝上垂；

到了水中，

它却消溶，

绿波呀载过渔翁。

    雨势稍停，我们又划了出来。划了一程之后，忽然间刮起了劲风来；风在海面上吹起一阵阵的水雾，迷人眼睛，朦胧里只见黑浪一个个向我们滚来。浪的上缘俯向前方，浪的下部凹入，真像一群张口的海兽要跑来吞我们似的，水在船旁舐吮作响，船身的颠摇十分厉害：这刻的心境介于悦乐与惊恐之间，一心一目之中只记着，向前划！向前划！虽然两臂麻木了，右手上已合的创口又裂了，还是记着，向前划！

    上岸之后，虽然休息了许久，身体与手臂尚自在那里摆动。还记得许多年前，头一次凫水，出水之后，身子轻飘飘的，好像鸟儿在空中飞翔一般；不料那时所感到的快乐又复现于今天了。

吃完点心之后，（今天的点心真鲜！）我们离开漪澜堂，又向对岸渡过去，这次坐的是敞篷船。此刻雨阵过了，只有很疏的雨点偶尔飘来。展目远观，见鱼肚白的夕空渲染着浓灰色以及淡灰色的未尽的雨云，深浅不一，下面是暗青的海水，水畔低昂着嫩绿色的芦苇，时有玄脊白腹的水鸟在一片绿色之中飞过。加上天水之间远山上的翠柏之色，密叶中的几点灯光，还有布谷高高的隐在雨云之中发出清脆的啼声，真令人想起了江南的烟雨之景。

上岸后，雨又重新下起来。但是我们两人的兴却发作了：梦苇嚷着要征服自然；我嚷着要上天王殿的楼上去听雨。我们走到殿的前头，瞧见琉璃牌楼的三座孤门之上一毫未湿，便先在这里停歇下来。这时候天已经黑了，我们从槐树的叶中可以看得见天空已经转成了与海水一样深青的颜色，远处的琼岛亮着一片灯光，灯光倒映在水中，晃动闪灼，有波纹把它分隔成许多层。雨点打在远近无数的树上，有时急，有时缓；急时，像独坐在佛殿中，峥嵘的殿柱与庄严的佛像只在隐约的琉璃灯光与炉香的光点内可以瞧见；沉默充满了寺内殿堂，寂静弥漫了寺外的山岭；忽然之间，一阵风来，吹得檐角与塔尖的铁马铜铃不断的响，山中的老松怪柏谡谡的呼吼，杂着从远峰飘来的瀑布的声响，真是战马奔腾，怒潮澎湃。缓时，像在一座墓园之内，黄昏的时候，鸟儿在树枝上栖息定了，乡人已经离开了田野与牧场回到家中安歇，坟墓中的幽灵一齐无声的偷了出来，伴着空中的蝙蝠作回旋的哑舞；他们的脚步落得真轻，一点声息不闻，只有萤虫燃着的小青灯照见他们憧憧的影子在暗中来往；他们舞得愈出神，在旁观看的人也愈屏息无声；最后，白杨萧萧的叹起气来，惋惜舞蹈之易终以及墓中人的逐渐零落投阳去了；一群面庞黄瘦的小草也跟着点头，飒飒的微语，说是这些话不错。

雨声之中，我们转身瞧天王殿，只见黑魆魆的一点灯火俱无，我们登楼听雨的计划于是不得不中止了。我们又闲谈起来。我们评论时人，预想未来，归根又是谈到文学上去。说到文学与艺术之关系的时候，我讲：插图极能增进读者对于文学书籍的兴趣，我们中国旧文学书中的插图工细别致，《红楼梦》一书更得到画家不断的为它装画。在西方这一方面的人材真是多不胜数，只拿英国来讲，如从前的克鲁可贤（Cruikshank），现代的毕兹雷

（Beardsley），又如自己替自己的小说作插图的萨克雷（Thackeray），都是脍炙人口的；还有文学与音乐的关系，我国古代与西方都是很密切的，好的抒情诗差不多都已谱入了音乐，成了人民生活的一部分；新诗则尚未得到音乐上的人材来在这方面致力。

我们谈着，时刻已经不早了。雨算是过去了，但枝叶间雨滴依然纷乱的洒下，好像雨并没有停住一般。偶尔有一辆人力车拖过，想必是迟归的游客乘着园内预备的车；还偶尔有人撑着纸伞拖着钉鞋低头走过，这想必是园中的夫役。我们起身走上路时，只见两行树的黑影围在路的左右，走到许远，才看见一盏被雨雾蒙了罩的路灯。大半时候还是凭着路中雨水洼的微光前进。

我们一面走着，一面还谈。我说出了我所以作新诗的理由，不为这个，不为那个，只为它是一种崭新的工具，有充分发展的可能；它是一方未垦的膏壤，有丰美收成的希望。诗的本质是一成不变万古长新的；它便是人性。诗的形体则是一代又一代的：一种形体的长处发展完了，便应当另外创造一种形体来代替；一种形体的时代之长短完全由这种形体的含性之大小而定。诗的本质是向内发展的；诗的形体是向外发展的。《诗经》《楚辞》，何默尔的史诗，这些都是几千年上的文学产品，但是我们这班后生几千年的人读起它们来仍然受很深的感动；这便是因为它们能把永恒的人性捉到一相或多相，于是它们就跟着人性一同不朽了。至于诗的形体则我们常看见它们在那里新陈代谢。拿中国的诗来讲，赋体在楚汉发展到了极点，便有"诗"体代之而兴。"诗"体的含性最大，它的时代也最长；自汉代上溯战国下达唐代，都是它的时代。在这长的时代当中，四言盛于战国，五古盛于汉魏六朝唐代，七古盛于唐末，乐府盛的时代与五古相同，律绝盛于唐。到了五代两宋，便有词体代"诗"体而兴。到了元明与清，词体又一衍而成曲体。再拿英国的诗来讲，无韵体（Blank verse）与十四行诗（Sonnet）盛于伊丽沙白时代，乐府体（Ballad measure）盛于十七世纪中叶，骈韵体（Rhymed couplet）盛于多莱登（Dryden）蒲卜（Pope）两人的手中。我们的新诗不过说是一种代曲体而兴的诗体，将来它的内含一齐发展出来了的时候，自然会另有一种别的更新的诗体来代替它。但是如今正是新诗的时代，我们应当尽力来搜求，发展它的长处。就文学史上看来，差不多每种诗体的最盛时期都是这种诗体运用的初期；所以现在工具是有了，看我们会不会运用它。我们要是争气，那我们便有身预或目击盛况的福气；要是不争气，那新诗的兴盛只好再等五十年甚至一百年了。现在的新诗，在抒情方面，近两年来已经略具雏形；但叙事诗与诗剧则仍在胚胎之中。据我的推测，叙事诗将在未来的新诗上占最重要的位置。因为叙事体的弹性极大。《孔雀东南飞》与何默尔的两部史诗（叙事诗之一种）便是强有力的证据，所以我推想新诗将以叙事体来作人性的综合描写。

两行高大的树影矗立在两旁，我们已经走到槐路上了。雨滴稀疏的淅沥着。右望海水，一片昏黑，只有灯光的倒影与海那边的几点灯光闪亮。倒是为了这个缘故，我们的面前更觉得空旷了。

我们走到了团城下的石桥，走上桥时，两人的脚步不期然而然的同时停下。桥左的一泓水中长满了荷叶：有初出水的，贴水浮着；有已出水的，荷梗承着叶盘，或高或矮，或正或欹；叶面是青色，叶底则淡青中带黄。在暗淡的灯光之下，一切的水禽皆已栖息了，只有鱼儿唼喋的声音，跃波的声音，杂着曼长的水蚓的轻嘶，可以听到。夜风吹过我们的耳边，低语道：一切皆已休息了。连月姊都在云中闭了眼安眠，不上天空之内走她孤寂的路程；你们也听着鱼蚓的催眠歌，入梦去罢。

梦苇的死

　　我踏进病室，抬头观看的时候，不觉吃了一惊，在那弥漫着药水气味的空气中间，枕上伏着一个头。头发乱蓬蓬的，唇边已经长了很深的胡须，两腮都瘦下去了，只剩着一个很尖的下巴；黧黑的脸上，一双眼睛特别显得大。怎么半月不见，就变到了这种田地？梦苇是一个翩翩年少的诗人，他的相貌与他的诗歌一样，纯是一片秀气；怎么这病榻上的就是他吗？

　　他用呆滞的目光，注视了一些时，向我点头之后，我的惊疑始定。我在榻旁坐下，问他的病况。他说，已经有三天不曾进食了。这病房又是医院里最便宜的房间，吵闹不过。乱得他夜间都睡不着。我们另外又闲谈了些别的话。

　　说话之间，他指着旁边的一张空床道，就是昨天在那张床上，死去了一个福州人，是在衙门里当一个小差事的。昨天临危，医院里把他家属叫来了，只有一个妻子，一个小女孩子。孩子很可爱的，母亲也不过三十岁。病人断气之后，母亲哭得九死一生，她对墙上撞了过去，想寻短见，幸亏被人救了。就是这样，人家把他从那张床上抬了出去。医院里的人，照旧工作；病房同住的人，照常说笑。他的一生，便这样淡淡的结束了。

　　我听完了他的这一段半对我说、半对自己说的话之后，抬起头来，看见窗外的一棵洋槐树。嫩绿的槐叶，有一半露在阳光之下，照得同透明一般。偶尔有无声的轻风偷进枝间，槐叶便跟着摇曳起来。病房里有些人正在吃饭，房外甬道中有皮鞋声音响过地板上。邻近的街巷中，时有汽车的按号声。是的，淡淡的结束了。谁说这办事员，说不定是书记，他的一生不是淡淡的结束，平凡的终止呢。那年轻的妻子，幼稚的女儿，知道她们未来的命运是个什么样子！我们这最高的文化，自有汽车、大礼帽、枪炮的以及一切别的大事业等着它去制造，那有闲工夫来过问这种平凡的琐事呢！

混人的命运，比起一班平凡的人来，自然强些。肥皂泡般的虚名，说起来总比没有好。但是要问现在有几个人知道刘梦苇，再等个五十年，或者一百年，在每个家庭之中，夏天在星光萤火之下，凉风微拂的夜来香花气中，或者会有一群孩童，脚踏着拍子唱：

> 室内盆栽的蔷薇，
> 窗外飞舞的蝴蝶，
> 我俩的爱隔着玻璃，
> 能相望却不能相接。

冬天在熊熊的炉火旁，充满了颤动的阴影的小屋中，北风敲打着门户，破窗纸力竭声嘶的时候，或者会有一个年老的女伶低低读着：

> 我的心似一只孤鸿，
> 歌唱在沉寂的人间。
> 心哟，放情的歌唱罢，
> 不妨壮，也不妨缠绵，
> 歌唱那死之伤，
> 歌唱那生之恋。

咳，薄命的诗人！你对生有何可恋呢？它不曾给你名，它不曾给你爱，它不曾给你任何什么！

你或者能相信将来，或者能相信你的诗终究有被社会正式承认的一日，那样你临终时的痛苦与失望，或者可以借此减轻一点！但是，谁敢这样说呢？谁敢说这许多年拂逆的命运，不曾将你的信心一齐压迫净尽了呢？临终时的失望，永恒的失望，可怕的永恒的失望，我不敢再往下想了。

我还记得：当时你那细得如线的声音，只剩皮包着的真正像柴的骨架。临终的前一天，我第三次去看你，那时我已从看护妇处，听到你下了一次血块，是无救的了。我带了我的祭子惠的诗去给你瞧，想让你看过之后，能把久郁的情感，借此发泄一下，并且在精神上能得到一种慰安，在临终之时，能够恍然大悟出我所以给你看这篇诗的意思，是我替子惠做过的事，我也要替你做的。我还记得，你当时自半意识状态转到全意识状态时的兴奋，以及诗稿在你手中微抖的声息，以及你的泪。我怕你太伤心了不好，想温和的从你手中将诗取回，但是你孩子霸食般的说："不，不，我要！"我抬头一望，墙上正悬着一个镜框，框上有一十字架，框中是画着耶稣被钉的故事，我不觉的也热泪夺眶而出，与你一同伤心。

一个人独病在医院之内，只有看护人照例的料理一切，没有一个亲人在旁。在这最需要情感的安慰的时候，给予你以精神的药草，用一重温和柔软的银色之雾，在你眼前遮起，使你朦胧的看不见渐渐走近的死神的可怖手爪，只是呆呆的躺着，让憧憧的魔影自由的继续的来往于你丰富的幻想之中，或是面对面的望着一个无底深坑里面有许多不敢见阳光的丑物蠕动着，恶臭时时向你扑来，你却被缚在那里，一毫也动不得，并且有肉体的苦痛，时时抽过四肢，逼榨出短促的呻吟，抽挛起脸部的筋肉：这便是社会对你这诗人的酬报。

记得头一次与你相会，是在南京的清凉山上杏院之内。半年后，我去上海。又一年，我来北京，不料复见你于此地。我们的神交便开始于这时。就是那冬天，你的吐血，旧病复发，厉害得很。幸亏有丘君元武无日无夜的看护你，病渐渐的退了。你病中曾经有信给我，说你看看就要不济事了，这世界是我们健全者的世界，你不能再在这里多留恋了。夏天我从你那处听到子惠去世的消息，那知不到几天你自己也病了下来。你的害病，我们真是看得惯了。夏天又是最易感冒之时，并且冬天的大病，你都平安的度了过来，所以我当时并不在意。谁知道天下竟有巧到这样的事？子惠去世还不过一月，你也跟着不在了呢！

你死后我才从你的老相好处，听到说你过去的生活，你过去的浪漫的生活。你的安葬，也是他们当中的两个：龚君业光与周君容料理的。一个可以说是无家的孩子，如无根之蓬般的漂流，有时陪着生意人在深山野谷中行旅，可以整天的不见人烟，只有青的山色、绿的树色笼绕在四周，驮货的驴子项间有铜铃节奏的响着。远方时时有山泉或河流的玎琤随风送来，各色的山鸟有些叫得舒缓而悠远，有些叫得高亢而圆润，自烟雾的早晨经过流汗的正午，到柔软的黄昏，一直在你的耳边和鸣着。也有时你随船户从急流中淌下船来。两岸是高峻的山岩，倾斜得如同就要倒塌下来一般。山径上偶尔有樵夫背着柴担夷然的唱着山歌，走过河里，是急迫的桨声，应和着波浪舐船舷与石岸的声响。你在船舱里跟着船身左右的颠簸，那时你不过十来岁，已经单身上路，押领着一船的货物在大鱼般的船上，鸟巢般的篷下，过这种漂泊的生活了。临终的时候，在渐退渐远的意识中，你的灵魂总该是脱离了丑恶的城市、险诈的社会，飘飘的化入了山野的芬芳空气中，或是挟着水雾吹过的河风之内了罢？

在那时候，你的眼前，一定也闪过你长沙城内学校生活的幻影，那时的与黄金的夕云一般灿烂缥缈的青春之梦，那时的与自祖母的磁罐内偷出的糕饼一般鲜美的少年之快乐，那时的与夏天绿树枝头的雨阵一般的来得骤去得快，只是在枝叶上添加了一重鲜色，在空气中勾起了一片清味的少年之悲哀，还有那沸腾的热血、激烈的言辞、危险的受戒、炸弹的摩挲，也都随了回忆在忽明的眼珠中，骤热的面庞上，与渐退的血潮，慢慢的淹没入迷督之海了。

我不知道你在临终的时候，可反悔作诗不？你幽灵般自长沙飘来北京，又去上海，又去宁波，又去南京，又来北京；来无声息，去无声息，孤鸿般的在寥廓的天空内，任了北风摆布，只是对着在你身边漂过的白云哀啼数声，或是白荷般的自污浊的人间逃出，躲入诗歌的池沼，一声不响的低头自顾幽影，或是仰望高天，对着月亮，悄然落晶莹的眼泪，看天河边坠下了一颗流星，你的灵魂已经滑入了那乳白色的乐土与李贺济慈同住了。

> 巢父掉头不肯住，
> 东将入海随烟雾。
> 诗卷长留天地间，
> 钓竿欲拂珊瑚树。

你的诗卷中间有歌与我俩的诗卷，无疑的要长留在天地间，她像一个带病的女郎，无论她会瘦到那一种地步，她那天生的娟秀，总在那里，你在新诗的音节上，有不可埋没的功绩。现在你是已经吹着笙飞上了天，只剩着也许玄思的诗人与我两个在地上了，我们能不更加自奋吗？

书

　　拿起一本书来，先不必研究它的内容，只是它的外形，就已经很够我们的赏鉴了。

　　那眼睛看来最舒服的黄色毛边纸，单是纸色已经在我们的心目中引起一种幻觉，令我们以为这书是一个逃免了时间之摧残的遗民。他所以能幸免而来与我们相见的这段历史的本身，就已经是一本书，值得我们的思索、感叹，更不须提起它的内含的真或美了。

　　还有那一个个正方的形状，美丽的单字，每个字的构成，都是一首诗；每个字的沿革，都是一部历史。飙是三条狗的风：在秋高草枯的旷野上，天上是一片青，地上是一片赭，中疾的猎犬风一般快的驰过，嗅着受伤之兽在草中滴下的血腥，顺了方向追去，听到枯草飒索的响，有如秋风卷过去一般。昏是婚的古字：在太阳下了山，对面不见人的时候，有一群人骑着马，擎着红光闪闪的火把，悄悄向一个人家走近。等着到了竹篱柴门之旁的时候，在狗吠声中，趁着门还未闭，一声喊齐拥而入，让新郎从打麦场上挟起惊呼的新娘打马而回。同来的人则抵挡着新娘的父兄，作个不打不成交的亲家。

　　印书的字体有许多种：宋体挺秀有如柳字，麻沙体夭矫有如欧字，书法体娟秀有如褚字，楷体端方有如颜字。楷体是最常见的了。这里面又分出许多不同的种类来：一种是通行的正方体；还有一种是窄长的楷体，棱角最显；一种是扁短的楷体，浑厚颇有古风。还有写的书：或全体楷体，或半楷体，它们不单看来有一种密切的感觉，并且有时有古代的写本，很足以考证今本的印误，以及文字的假借。

如果在你面前的是一本旧书，则开章第一篇你便将看见许多朱色的印章，有的是雅号，有的是姓名。在这些姓名别号之中，你说不定可以发见古代的收藏家或是名倾一世的文人，那时候你便可以让幻想驰骋于这朱红的方场之中，构成许多缥缈的空中楼阁来。还有那些朱圈，有的圈得豪放，有的圈得森严，你可以就它们的姿态，以及它们的位置，悬想出读这本书的人是一个少年，还是老人；是一个放荡不羁的才子，还是老成持重的儒者。你也能借此揣摩出这主人翁的命运：他的书何以流散到了人间？是子孙不孝，将他舍弃了？是遭兵逃反，被一班庸奴偷窃出了他的藏书楼？还是运气不好，家道中衰，自己将它售卖了，来填偿债务，或是支持家庭？书的旧主人是这样。我呢？我这书的今主人呢？他当时对着雕花的端砚，拿起新发的朱笔，在清淡的炉香气息中，圈点这本他心爱的书，那时候，他是决想不到这本书的未来命运。他自己的未来命运，是个怎样结局的；正如这现在读着这本书的我，不能知道我未来的命运将要如何一般。

更进一层，让我们来想象那作书人的命运：他的悲哀，他的失望，无一不自然的流露在这本书的字里行间。让我们读的时候，时而跟着他啼，时而为他扼腕太息。要是，不幸上再加上不幸，遇到秦始皇或是董卓，将他一生心血呕成的文章，一把火烧为乌有；或是像《金瓶梅》《红楼梦》《水浒》一般命运，被浅见者标作禁书，那更是多么可惜的事情呵！

天下事真是不如意的多。不讲别的，只说书这件东西，它是再与世无争也没有的了，也都要受这种厄运的摧残。至于那琉璃一般脆弱的美人，白鹤一般兀傲的文士，他们的遭忌更是不言可喻了。试想含意未伸的文人，他们在不得意时，有的樵采，有的放牛，不仅无异于庸人，并且备受家人或主子的轻蔑与凌辱；然而他们天生得性格倔强，世俗越对他白眼，他却越有精神。他们有的把柴挑在背后，拿书在手里读；有的骑在牛背上，将书挂在牛角上读；有的在蚊声如雷的夏夜，囊了萤照着书读；有的在寒风冻指的冬夜，拿了书映着雪读。然而时光是不等人的，等到他们学问已成的时候，眼光是早已花了，头发是早已白了，只是在他们的头额上新添加了一些深而长的皱纹。

咳！不如趁着眼睛还清朗，鬓发尚未成霜，多读一读"人生"这本书罢！

空中楼阁

　　你说不定要问：空中怎么建造得起楼阁来呢？连流星那么小雪片那么轻的东西都要从空中坠落下来，落花一般的坠落下来，更何况楼阁？我也不知怎样的，然而空中实在是有楼阁。玉皇大帝的灵霄宝殿、王母的瑶池同蟠桃园、老君的炼丹房以及三十三天中一切的洞天仙府？真是数不尽说不完的。它们之中，只须有一座从半空倒下来，我们地上这班凡人，就会没命了。幸而相安无事，至今还不曾发生过什么危险。虽然古时有过共工用头（这头一定比小说内所讲的铜头铁臂的铜头还要结实）碰断天柱的事件发生，不过侥幸女娲补的快，还不曾闹出什么大岔子，只是在雨后澄霁的时光，偶尔还看见那弧形的五彩裂纹依然存着。现在是没有共工那种人了，我们尽可放心的睡眠，不必杞人忧天罢！

　　共工真是一个傻子，不顾别人的性命，还有可说。他却连自己的性命无暇顾了。也很难讲，谁敢说他不是觉着人间的房屋太低陋龌龊了，要打通一条上天的路，领着他的一班手下的人，学齐天大圣那样的去大闹一次天宫，把玉皇大帝赶下宝座，他自己却与一班手下人霸占起一切的空中楼阁呢。女娲一定是为了凡间的姊妹大起恐慌，因为那班急色的男子，最喜欢想仙女的心思。他们遇到一个美貌的女子，总是称赞她像天仙。万一共工同他的将士，真正上了天，他们还不个个都作起刘晨阮肇来，将家中一班怨女，都抛撇在人间守活寡吗？

　　并且天上的宫殿，都是拿蔚蓝的玉石铺地，黄金的暮云筑墙，灯是圆大的朝阳，烛是辉煌的彗星，也难怪共工想登天了。在那边园囿之中，有白的梅花鹿，遨游月宫的白兔，耸着耳朵坐在钵前，用一对前掌握着玉杵捣霜，还有填桥的喜鹊鼓噪，衔书的青鸟飞翔，萧史跨着的凤凰在空中巧啭着她那比箫还悠扬宛转的歌声。银白的天河在平原中无声的流过，岸旁茂生着梨花一般白的碧桃，累累垂有长生之果的蟠桃，引刘阮入天台的绛桃。别的树木更是多不胜举。菌形的灵芝黑得如同一柄墨玉的如意。郊野之中，也有许多的虫豸，蚀月的蟾蜍呵，啼声像鬼哭的九头鸟呵，天狼呵，天狗呵，牛郎的牛呵，老君的牛呵，还有那张果老骑的驴子，它都比凡人尊贵，能够住在天上。

咳！在古代不说作人了！就是作鸡狗都有福气。那时的人修行得道，连家中的鸡狗，都是跟着飞升的。你瞧那公鸡，他斜了眼睛，尽向天上望，他一定是在羡慕他的那些白日飞升的祖宗呢。空中的楼阁，海上的蜃楼，深山的洞府，世外的桃源，完了，都完了，生在现代的人，既没有琴高的鲤，太白的鲸鱼，骑着去访海外的仙山；也没有黄帝的龙，后羿的金鸟，跨了去游空中的楼阁。

寓言

　　从前的时候，人不怕老虎，老虎也不咬人。

　　有一天，王大在山里打了许多野鸡野兔，太多了，他一个人驮不动，只好分些绑在猎犬的背上，惹得那狗涎垂一尺，尽拿舌头去舐鼻子。猎户一面走着，一面心里盘算那只兔子留着送女相好，那只野鸡拿去镇上卖了钱推牌九。

　　他正这样思忖的时候，忽见前头来了一只老虎，垂头丧气的与一个大输而回的赌徒差不多。

　　王大说："您好呀？寅先生为何这般愁闷，愁闷得像一匹丧家之犬。看你那尾巴，向来是直如钢鞭的，如今却夹起在大腿之间了；还有那脚步向来是快如风的，如今也像缠了脚的老太太，进三步退两步了。"

　　老虎说："王老，你有所不知，说起来话真长着呢！"说到这里，它叹气连天的。"我家有八旬老母，双眼皆瞎，又有才满月的豚儿，还睡在摇篮里，偏偏在这时拙荆亡去了。今天一清早，我就出去寻找食物，走了一个整天——"说到这里，它忽然看见王大背上与猎犬背上满载着的野品，便道，"呀，原来都在这里，怪不得我空跑了一天呢！"

　　它接着哀恳道："王老，先下手为强，这句俗语我也知道。不过，我实在是家有老母小儿，他们已经整天不曾有一物下咽了。我如今正年富力强，饿上十天半个月还不打紧，他们一老一幼，却怎么捱得过呢！万一他们有个长短——"

它说到这里，忍不住的伤心大哭起来，一颗颗的眼泪，从大而圆的眼眶里面滴下，好像许多李子杏子似的。它的哭声惊动了头顶上树枝间的割麦插禾，一齐飞入天空，问道："这是为何？这是为何？"

王大只是摇头。

老虎又哀求道："不看金面看佛面，我前生也姓王，只看我额上的王字便是记认。你对于同宗，难道也忍心坐视不救吗？"

王大只是摇头。

老虎陡然暴怒起来，它大吼一声，跳上去把王大的头一口咬下来，说道："看你再摇，这铁石心肠的畜生！"

猎狗摇着尾巴，笑嘻嘻地说："大王，你过劳贵体了，让小畜替你把这些野鸡野兔连着王大的身体一齐驮去宝洞罢！"

自此之后，老虎知道人是一种贱的东西，只怕强权，不讲道理，于是逢着便咬，报它昔日的仇。

胡同

　　我曾经向子惠说过，词不仅本身有高度的美，就是它的牌名，都精巧之至。即如《渡江云》《荷叶杯》《摸鱼儿》《真珠帘》《眼儿媚》《好事近》这些词牌名，一个就是一首好词。我时常翻开词集，并不读它，只是拿着这些词牌名慢慢的咀嚼。那时我所得的乐趣，真不下似读绝句或是嚼橄榄。京中胡同的名称，与词牌名一样，也时常在寥寥的两三字里面，充满了色彩与暗示，好像龙头井、骑河楼等等名字，它们的美是毫不差似《夜行船》《恋绣衾》等等词牌名的。

　　胡同是衚衕的省写。据文字学者说，是与上海的弄一同源自巷字。元人李好古作的《张生煮海》一曲之内，曾经提到羊市角头砖塔儿衚衕，这两个字入文，恐怕要算此曲最早了。各胡同中，最为国人所知的，要算八大胡同；这与唐代长安的北里，清末上海的四马路的出名，是一个道理。

　　京中的胡同有一点最引人注意，这便是名称的重复：口袋胡同、苏州胡同、梯子胡同、马神庙、弓弦胡同，到处都是，与王麻子、乐家老铺之多一样，令初来京中的人，极其感到不便，然而等我们知道了口袋胡同是此路不通的死胡同，与"闷葫芦瓜儿""蒙福禄馆"是一件东西。苏州胡同是京人替住有南方人不管他们的籍贯是杭州或是无锡的街巷取的名字。弓弦胡同是与弓背胡同相对而定的象形的名称。以后我们便会觉得这些名字是多么有色彩，是多么胜似纽约的那些单调的什么"Fifth Avenue""Fourteenth Street"，以及上海的侮辱我国的按通商五口取名的什么南京路、九江路。那时候就是被全国中最稳最快的京中人力车夫说一句："先儿，你多给两子儿。"也是得偿所失的。尤其是苏州胡同一名，它的暗示力极大。因为在当初，交通不便的时候，南方人很少来京，除去举子；并且很少住京，除去京官。南边话同京白又相差的那般远，也难怪那些生于斯、卒于斯、眼里只有北京、耳里只有北京的居民，将他们聚居的胡同，定名为苏州胡同了。（苏州的土白，是南边话中最特彩的；女子是全国中最柔媚的。）梯子胡同之多，可以看出当初有许多房屋是因山而筑，那街道看去有如梯子似的。京中有很多的马神庙，也可令我们深思，何以龙王庙不多，偏多马神庙呢？何以北京有这么多马神庙，南京却一个也不见呢？南人乘舟，北人乘马，我们记得北京是元代的都城，那铁蹄直踏进中欧的鞑靼，正是修建这些庙宇的人呢？燕昭王为骏骨筑黄金台，那可以说是京中的第一座马神庙了。

京中的胡同有许多以井得名。如上文提及的龙头井以及甜水井、苦水井、二眼井、三眼井、四眼井、井儿胡同、南井胡同、北井胡同、高井胡同、王府井等等，这是因为北方水份稀少，煮饭、烹茶、洗衣、沐面，水的用途又极大，所以当时的人，用了很笨缓的方法，凿出了一口井之后，他们的快乐是不可言状的，于是以井名街，纪念成功。

胡同的名称，不特暗示出京人的生活与想象，还有取灯胡同、妞妞房等类的胡同。不懂京话的人，是不知何所取意的。并且指点出京城的沿革与区分：羊市、猪市、骡马市、驴市、礼士胡同、菜市、缸瓦市，这些街名之内，除去猪市尚存旧意之外，其余的都已改头换面，只能让后来者凭了一些虚名来悬拟当初这几处地方的情形了。户部街、太仆寺街、兵马司、缎司、銮舆卫、织机卫、细砖厂、箭厂，谁看到了这些名字，能不联想起那辉煌的过去，而感觉一种超现实的兴趣？

黄龙瓦、朱垩墙的皇城，如今已将拆毁尽了。将来的人，只好凭了皇城根这一类的街名，来揣想那内城之内、禁城之外的一圈皇城的位置罢？那丹青照耀的两座单牌楼呢？那形影深嵌在我童年想象中的壮伟的牌楼呢？它们哪里去了？看看那驼背龟皮的四牌楼，它们手拄着拐杖，身躯不支的，不久也要追随早夭的兄弟于地下了！

破坏的风沙，卷过这全个古都，甚至不与人争韬声匿影如街名的物件，都不能免于此厄。那富于暗示力的劈柴胡同，被改作辟才胡同了；那有传说作背景的烂面胡同，被改作烂漫胡同了；那地方色彩浓厚的蝎子庙，被改作协资庙了。没有一个不是由新奇降为平庸，由优美流为劣下。狗尾巴胡同改作高义伯胡同，鬼门关改作贵人关，勾阑胡同改作钩帘胡同，大脚胡同改作达教胡同：这些说不定都是巷内居者要改的，然而他们也未免太不达教了。阮大铖住南京的裤裆巷，伦敦的"Botten Row"为贵族所居之街，都不曾听说他们要改街名，难道能达观的只有古人与西人吗？内丰的人，外啬一点，并无轻重。司马相如是一代的文人，他的小名却叫犬子。《子不语》书中说，当时有狗氏兄弟中举。庄子自己愿意为龟。颐和园中慈禧后居住的乐寿堂前立有龟石。古人的达观，真是值得深思的。

迎神

（过檀香山岛作）

是一个弦月之夜。白色的祈塔与巨石的祭坛竖立在海岸沙滩上。晚汐舐黄沙作声，一道道的潮水好像些白龙自海底应召而来。干如垩过的伞形棕榈静立在微光之下。朦胧中可以看见祭场四隅及中央的木雕与石镌的窄长而幻怪的神首，有如适从地府伸出头来，身躯尚在黄泉之内似的。

祭司身上一丝不挂，手执香炬，虔步入白塔之中。他旋转上塔的最高层，在寂静与缥缈中对着天空海洋默祷，求神祇下降。

祷了又祷，直至一颗星落下苍穹：神祇降了！他狂喜的——因为这一夜他若是祷不下大神来，便将被土人视为汙渎而剥皮——他狂喜的挽起角螺来，自东西南北四方的窗棂吹出迎神之调，到居住在茅草铺的、或板木搭的房屋的岛民耳中，听他们知道，神祇降了！

他们一片欢呼的，在袒裸之棕色身躯上围起青草扎成的短裙，把那用头发与鲸牙雕具编的圈链悬挂在颈项，手里敲着硕大的葫芦，舞蹈到沙滩之上来。

岛王闻声，披起了犬牙编制的胸甲，排列仪仗，双掌高捧一个白羽为面、赤羽为眉目口鼻的神首，领着王后宫女与侍卫的武士，也向沙滩而来。

祭坛上已经燃了鲸膏之燎。燎火闪灼的照见坛的四围，以及各神首的周遭，都有岛民绕着在狂舞高歌。沉重郁闷的葫芦声响，嘹亮嘈杂的金器铿锵，杂着坛上燎火中柴木的爆裂，融合成了一曲热烈而奇异的迎神之歌。

但葫芦金器的声响，忽然停了，歌唱也止了，因为他们看见白羽的神面捧到了祭坛的燎火当前，他们一齐匍匐上了白沙之地。

侍御的胡刺乐工轻拨动胡刺的胶弦，在悄静中低语。有如从辽远的古昔中，行近了逝者的叹声，叹那些先他们而离世的泉下人，有些是漂着一叶刀鱼形的小舟，一去不回，葬身在鱼腹之中；有些是在这四周被海围起的小岛上，同繁殖的兽群争竞一息的生机，终于丧了生命。弦声颤抖着，哽咽着，把岛民的悲哀挣扎，一齐倾吐在这悄然谛听着的神首之前，求他继续着他的庇佑。不然，那终古拿舌舐着这岛屿的洋便会携带了长喙的鳄鱼、银甲的鲨鱼、须锐长如矛头的巨虾、头庞大过屋舍的长鲸，以及数不清的粘胶、恶臭、瘤疬满身如蟾拨、形状丑怪如魔鬼的海中物类，来湮没尽这岛屿，吞咽尽这些虔诚的男女，那时纯洁的祈塔、巩固的祭坛都要随了人类荡涤净尽、更无匏金的声响、舞蹈的火焰，来娱悦这羽翼此岛的神祇了。

祭祀的牺牲这时已经都陈设在祭坛之上：白如处女的兔子、披着彩衣的野鸡、四掌有如鱼鳍的玳瑁、花皮有如人工的鱼类、顶戴王冠的波罗蜜、芬芳远溢的五谷——这些都由祭司捧着，绕行白羽的神面三周，投入了跳跃着伸舌的燎火之中。白烟挟着香味，像一条蜿蜒的白蛇升上了天空。

岛民又立起身，绕着白羽的神面，歌唱起来。这送神之歌不像迎神时那样嘈杂不安了。它像一个催眠的歌调，茅屋中袒裸的母亲在身画龙蛇的婴孩的摇篮旁边低吟的一个催眠的歌调；它好像自近而远，送神祇随了白烟飞腾上夜云之幕，送那如梦中幻景的一声不响的岛王与仪仗捧着白羽的神面复回岛宫，送那镰刀形的弦月暂时朦胧在昼夜无眠的浪涛上，终于沉下了海底。

和平与黑暗降下了这一片人已散尽火已烬灭的平沙之上，只有高耸的塔影、酣眠的棕榈尚可依稀的看见。

日与月的神话

景深兄：近来作了几首英文诗，是取材自我国的神话，作时猛然悟出这些神话是极其美丽。即如太阳在文学中叫作金乌。这名字已经用滥了。但是我们把这两个字揣摩一番之后，便可知道她们好像一颗金橘，在很小的果皮之内蕴满了想象的甜汁，虽然随处都有，见年复生，仍旧减去不了它的佳妙。把太阳比作乌鸦，有两层道理：很明显的一层便是太阳飞过天空像乌鸦一样，第二层道理是人在向太阳直望了一刻之后，转看他物，便如有一黑物阻梗在眼前。古人的想象把这黑的观念同飞的观念联络起来，于是把太阳比作了乌鸦。乌鸦的毛，因光泽之故，对光看时，呈现金色。这更使这比喻来得的确。

日起扶桑，日落若木：这并非异想天开，确有道理。太阳起落之时，云霞确实像树，枝条四展的树。若木的"若"字最有意味。并且乌鸦不是筑巢在树上吗？日起落时的霞彩是宇宙中美景之一，中外的诗人都曾极力描写过，有人比它作头发，那是英国的 Spenser 他的那行诗是状比朝霞，我忘记掉了，不过雪莱套他写了一行 "Blind with thine hair the eyes of day"（见《夜》）。有人比它作阑干，那是英国的济慈，那行诗是 "When barred clouds bloom the soft-dying day"（见《秋曲》）。我在《日色》中也曾写过这样几行：

> "云天上幻出扇形，
> 仿佛羲和的车轮，
> 慢慢的

沉没下西方。"

这些譬喻中，试问，哪一个能胜过"扶桑"——桑，对了，那是中国的国树，不是"oak"，不是"fir"，不是"linden"，不是"holly"——试问哪一个能胜过"若木"——从"艹"字头的若，骤看起来，真像一个树名呢。

月亮有神，这是无论那一国都那般想象的。但是自有文化的一两万年以来，却不曾有过一国像我们中国这样，对于月亮中的黑影也加以想象的解释。桂树便是这样在月宫旁生长了起来。缥缈的桂花香息虽能稍解望月的人对这一轮圆镜中阴影的憎恶，古人的想象终于免不了造出一个吴刚来，掮起斧头去斫树根。但是斧头尽管砍它的，阴影仍然存留着。这当然是因为吴刚太老了，不中用了。要是换个壮汉子运斤成风，桂树是早已砍倒了。

后羿射落九日，只留一日，这传说的来源极古。年代久远，后人便把羿与太阳混合在了一起。他们见月升于日落时，日出时又隐去，便想象这是太阳在追赶着月亮。不能是月亮追赶太阳，因为从不曾有过阴追赶阳的事情。在他们想象中，太阳是后羿，于是月亮便成为了他的逃妻。其实我们知道，后羿的妻子并不曾偷到什么不死之药吞了，逃去月中作了月神，她是被后羿的国相寒浞偷了！月亮里有兔子那是当然。并且是白的家兔，不是黄的野兔。这畜生捣霜的本领委实太差：你看那月光下的草地，不是溅满了霜沫吗？

弟子沅 1928 年 3 月 12 日

画虎

"画虎不成反类狗，刻鹄不成终类鹜。"自从这两句话一说出口，中国人便一天没有出息似一天了。

谁想得到这两句话是南征交趾的马援说的。听他说这话的侄儿，如若明白道理，一定会反问："伯伯，你老人家当初征交趾的时候，可曾这样想过：征交趾如若不成功，那就要送命，不如作一篇《南征赋》罢。因为《南征赋》作不成，终究留得有一条性命。"

这两句话为后人奉作至宝。单就文学方面来讲，一般胆小如鼠的老前辈便是这样警劝后生：学老杜罢，学老杜罢，千万不要学李太白。因为老杜学不成，你至少还有个架子；学不成李的时候，你简直一无所有了。这学的风气一盛，李杜便从此不再出现于中国诗坛之上了。所有的只是一些杜的架子、或一些李的架子。试问这些行尸走肉的架子、这些骷髅，它们有什么用？光天化日之下，与其让这些怪物来显形，倒不如一无所有反而好些。因为人真知道了无，才能创造有；拥着伪有的时候，决无创造真有之望。

狗，鹜。鹜真强似狗吗？试问它们两个当中，是谁怕谁？是狗怕鹜呢？还是鹜怕狗？是谁最聪明，能够永远警醒，无论小偷的脚步多么轻，它都能立刻扬起愤怒之呼声将鄙贱惊退？

画不成的老虎，真像狗；刻不成的鸿鹄，真像鹜吗？不然，不然。成功了便是虎同鹄，不成功时便都是怪物。

成功又分两种：一种是画匠的成功，一种是画家的成功。画匠只能模拟虎与鹄的形色，求到一个像罢了。画家他深探入创形的秘密，发见这形后面有一个什么神，发号施令，在陆地则赋形为劲悍的肢体、钜丽的皮革，在天空则赋形为剽疾的翮翼、润泽的羽毛：他然后以形与色为血肉毛骨，纳入那神，搏成他自己的虎鹄。

拿物质文明来比仿：研究人类科学的人如若只能亦步亦趋，最多也不过贩进一些西洋的政治学、经济学，既不合时宜，又常多短缺。实用物质科学的人如若只知萧规曹随，最多也不过摹成一些欧式的工厂商店，重演出惨剧，肥寡不肥众。日本便是这样：她古代摹拟到一点中国的文化，有了她的文字、美术；近代摹拟到一点西方的文化，有了她的社会实业：她只是国家中的画匠。我们这有几千年物质文化的国家不该如此。我们应该贯进物质文化的内心，搜出各根柢原理，观察它们是怎样配合的，怎样变化的，再追求这些原理之中有那些应当铲除，此外还有些什么原理应当加入，然后淘汰扩张，重新交配，重新演化。以造成东方的物质文化。

东方的画师呀！麒麟死了，狮子睡了，你还不应该拿起那枝当时伏羲画八卦的笔来，在朝阳的丹凤声中，点了睛，让困在壁间的龙腾越上苍天吗？

徒步旅行者

往常看见报纸上登载着某人某人徒步旅行的新闻，我总在心上泛起一种辽远的感觉，觉得这些徒步旅行者是属于另一个世界——一个浪漫的世界；他们与我，一个刻板式的家居者，是完全道不同不相为谋的。我思忖着，每人与生俱来的都带有一点冒险性，即使他是中国人，一个最缺乏冒险性的民族……希腊人不也是一个习于家居，不愿轻易的离开乡土的民族么？然而几千年来的文学中，那个最浪漫的冒险故事，《奥德赛》，它正是希腊民族的产品。这一点冒险性既是内在的；它必然就要去自寻外发的途径，大规模的或是小规模的，顾及实益的或是超乎实益的。林德白的横渡大西洋飞航，孛尔得的南极探险，这些都是大规模的，因之也不得不是顾及实益的——虽然不一定是顾虑到个人的实益——唯有小规模的徒步旅行，它是超乎实益的，它并不曾存着一种目的，任是扩大国家的版图，或是准备将来军事上的需要，或是采集科学上的文献；徒步旅行如其有目的，我们最多也不过能说它是一种虚荣心的满足，这也是人情，不能加以非议——那一张沿途上行政人物的签名单也算不了什么宝贝，我们这些安逸的家居者倒不必去眼红，尽管由它去落在徒步旅行者的手中，作一个纪念品好了。这一种的虚荣心倒远强似那种两个人骂街，都要占最后一句话的上风的虚荣心。所以，就一方面说来，徒步旅行也能算得是艺术的。

史蒂文生作过一篇《徒步旅行》，说得津津有味；往常我读它，也只是用了文学的眼光，就好像读他的《骑驴旅行》那样。一直到后来，在文学传记中知道了史氏自己是曾经尝过徒步旅行的苦楚的，是曾经在美国西部——这地方离开苏格兰，他的故乡，是多么远！——步行了多时，终于倒在地上，累的还是饿的呢，我记不清楚了，幸亏有人走过，将他救了转来的，到了这时候我回想起来他的那篇《徒步旅行》，那篇文笔如彼轻灵的小品文，我便十分亲切的感觉到，好的文学确是痛苦的结晶品；我又肃敬的感觉到，史氏身受到人生的痛苦而不容许这种丑恶的痛苦侵入他的文字之中，实在不愧为一个伟大的客观的艺术家，那"为艺术而艺术"的一句话，史氏确是可以当之而无愧。

史氏又有一篇短篇小说，"Providence and the Guitar"，里面描写一个富有波希米亚性的歌者的浪游；那篇短篇小说的性质又与上引的《徒步旅行》不同，那是《吉诃德先生》的一幅缩影，与孟代（Catulle Mendes）的"Jem' en vais Par les chemins，li-re-lin"一首歌词的境地倒是类似。孟氏的这首歌词说一个诗人浪游于原野之上，布袋里有一块白面包，口袋里有三个铜钱——心坎里有他的爱友——等到白面包与铜钱都被屠手给捞去了的时候，他邀请这个屠手把他的口袋也一齐捞去，因为他在心坎里依然存得有他的爱友。这是中古时代行吟诗人 Trouba dour 的派头；没有中古时代，便容不了这些行吟诗人，连危用（Villon）都嫌生迟了时代，何况孟氏。这个，我们只能认它作孟氏的取其快意的寄寓之词罢了。

就那个由浪游者改行作了诗人的岱维士（W. H. Davies）说来，徒步旅行实在是他的拿手——虽说能以偷车的时候，他也乐得偷车。据他的《自传》所说，徒步旅行有两种苦处，狗与雨。他的《自传》那篇诚实的毫不浮夸的记载，只是很简单的一笔便将狗这一层苦处带过去了；不知道他是怕狗的呢，还是他作过对不住狗这一族的事——至少，我们可以想象得出，狗的多事未尝不是为了主人，这个，就一个同情心最开阔的诗人说来，岱氏是应当已经宽恕了的；不过，在当时，肚里空着，身上冻着，腿上酸着，羞辱在他的心上，脸上，再还要加上那一阵吠声，紧追在背后提醒着他，如今是处在怎样的一种景况之内，这个，便无论一个人的容量有多么大，岱氏想必也是不能不介然于怀的。关于雨这一层苦处，岱氏说得很详尽；这个雨并非

润物细无声

的那种毛毛雨，（其实说来，并不一定要它有声，只要它润了一天一夜，

徒步旅行者便要在身上，心上沉重许多斤了。）这个雨也并非

花落知多少

的那种隔岸观火的家居者的闲情逸致的雨，它不是一幅画中的风景，它是一种宇宙中的实体，濡湿的，寒冷的，泥泞的。那连三接四的梅雨，就家居者看来，都是十分烦闷，惹厌，要耽误他们的许多事务，败兴他们的各种娱乐；何况是在没遮拦的荒野中，那雨向你的身上，向你的没有穿着雨衣的身上洒来，浸入，路旁虽说有漾出火光的房屋，但是那两扇门向了你紧闭着，好像一张方口哑笑的向了你在张大，深刻化你的孤单，寒冷的感觉，这时候的雨是怎么一种滋味，你总也可以想象得出罢：不然，你可以去读岱氏的《自传》，去咀嚼杜甫的

布衾多年冷似铁，
娇儿恶卧踏里裂。
长夜沾湿何由彻！

那三句诗；再不然，你可以牺牲了安逸的家居，去作一个毫无准备的徒步旅行者。

杜甫也是一个迫于无奈的徒步旅行者；只要看他的

芒鞋见天子
脱袖露两肘

这寥寥十个字，我们便可以想象得出，他是步行了多少的时日，在途中与多少的困苦摩肩而过，以致两只衣袖都烂脱了，我们更可以想象开去，他穿着一双草鞋，多半是破的，去朝见皇帝于宫廷之上，在许多衣冠整肃的官吏当中，那是，就他自己说来，够多么可惨的一种境况：那是，就俗人说来，多么叫人齿冷的一种境况……至所谓

相见惊老丑

他还只曾说到他的"所亲"呢。

我记得有一次坐火车经过黄河铁桥，正在一座一座的数计着铁栏的时候，看见一个老年的徒步旅行者站在桥的边沿，穿着破旧的还没有脱袖的短袄，背着一把雨伞，伞柄上吊着一个包袱；我当时心上所泛起的只是一种辽远的感觉。以及一种自己增加了坐火车的舒适的感觉……人类的囿于自我的根性呀！像我这样一个从事于文学的人尚且如此，旁人还能加以责备么？现在我所唯一引以自慰的，便是我还不曾堕落到那种嘲笑他们那般徒步旅行者的田地；杜甫的诗的沉痛，我当时虽是不能体味到，至少，我还没有嘲笑，我还没有自绝于这种体味。淡漠还算得是人之常情；敌视便是鄙俗了。

西方的徒步旅行者，我是说的那种迫于无奈的，我不知道他们是怎么一种行头，虽说吉卜西的描写与他们的插图我是看见过的，大概就是那般在街上卖毯子的俄国人的装束，就那般瑟缩在轮船的甲板上的外国人的装束想象开去，我们也可以捉摸到一二了……这许多漂泊的异乡人内，不知道也有多少《哀王孙》的诗料呢。

这卖毯子的人教我联想到危用，那个被驱出巴黎的徒步旅行者。他因为与同党窃售教堂中的物件，下了监牢，在牢里作成了那篇传诵到今的《吊死曲》，他是准备着上绞台的了；遇到皇帝登位，怜惜他的诗才，将他大赦，流徙出京城，这个"巴黎大学"的硕士，驰名于全巴黎的诗人便卢梭式的维持着生活，向南方步行而去，在奥类昂公爵（Charles d'Orl'eans 也是一个驰名的诗人）的堡邸中，他逗留了一时，与公爵以及公爵的侍臣唱和了一篇限题为

在泉水的边沿我渴得要死

的 ballade（巴俚曲）——大概也借了几个钱；接着，他又开始了他的浪游，一直到保兜地方，他才停歇了下来？因为又犯了事，被逼得停歇在一个地窖里。这又是教堂中人干的事；那个定罪名的主教治得他真厉害，不给他水喝——忘记了耶稣曾经感化过一个妓女——只给他面包吃，还不是新鲜的，他睡去了的时候，还要让地窖里的老鼠来分食这已经是少量的陈面包。徒步旅行者的生活到了这种田地，也算得无以复加了。

江行的晨暮

美在任何的地方，即使是古老的城外，一个轮船码头的上面。

等船，在划子上，在暮秋夜里九点钟的时候，有一点冷的风。天与江，都暗了；不过，仔细的看去，江水还浮着黄色。中间所横着的一条深黑，那是江的南岸。

在众星的点缀里，长庚星闪耀得像一盏较远的电灯。一条水银色的光带晃动在江水之上。看得见一盏红色的渔灯。

岸上的房屋是一排黑的轮廓。

一条趸船在四五丈以外的地点。模糊的电灯，平时令人不快的，在这时候，在这条趸船上，反而，不仅是悦目，简直是美了。在它的光围下面，聚集着有一些人形的轮廓。不过，并听不见人声，像这条划子上这样。

忽然间，在前面江心里，有一些黝黯的帆船顺流而下，没有声音，像一些巨大的鸟。

一个商埠旁边的清晨。

太阳升上了有二十度；覆碗的月亮与地平线还有四十度的距离。几大片鳞云黏在浅碧的天空里；看来，云好像是在太阳的后面，并且远了不少。

山岭披着古铜色的衣，褶痕是大有画意的。

水汽腾上有两尺多高。有几只肥大的鸥鸟，它们，在阳光之内，暂时的闪白。

月亮是在左舷的这边。

水汽腾上有一尺多高；在这边，它是时隐时显的。在船影之内，它简直是看不见了。

颜色十分清润的，是远洲上的列树，水平线上的帆船。

江水由船边的黄到中心的铁青到岸边的银灰色。有几只小轮在喷吐着煤烟：在烟囱的端际，它是黑色，在船影里。淡青，米色，苍白；在斜映着的阳光里，棕黄。

清晨时候的江行是色彩的。

烟卷

　　我吸烟是近四年来的事——从前我所进的学校里，是禁止烟酒的——不过我同烟卷发生关系，却是已经二十年了。那是说的烟卷盒中的画片，我在十岁左右的时候，便开始收集了。我到如今还记得我当时对于那些画片的搜罗是多么热情，正如我当时对于收集各色的手工纸，各国的邮票那样。有的是由家里的烟卷盒中取来的，恨不得大人一天能抽十盒烟才好；还有的是用制钱——当时还用制钱——去，跑去，杂货铺里买来的。儿童时代也自有儿童时代的欢喜与失望：单就搜集画片这一项来说，我还记得当时如其有一天那烟盒中的画片要是与从前的重复了，并不是一张新的，至少有半天，我的情感是要梗滞着，不舒服，徒然的在心中希冀着改变那既成的事实。收集全了一套画片的时候，心里又是多么欢喜！那便是一个成人与他所恋爱的女子结了婚，一个在政界上钻营的人一旦得了肥缺，当时所体验到的鼓舞，也不能在程度上超越过去。

　　便是烟卷盒中的画片这一种小件的东西，就中都能以窥得出社会上风气的转移。如今的画片，千篇一律的，是印着时装的女子，或是侠义小说中的情节；这一种的风气，在另一方面表现出来，便是肉欲小说与新侠义小说的风行，再在另一方面表现出来，便是跳舞馆像雨后春笋一般的竖立起来，未成年的幼者弃家弃业的去求侠客的纪载不断的出现于报纸之上。在二十年前，也未尝没有西洋美女的照相画片——性，那原是古今中外一律的一种强有力的引诱；在十年以前，我自己还拿十岁时候所收集的西洋美女的照相画片之内的一张剪出来，插在钱夹里。也未尝没有《水浒》上一百零八人的画片——《水浒》，它本来是一部文学价值既高，深入民心的程度又深的书籍，可以算是古代的白话文学中唯一的能以将男性充分的发挥出来的长篇小说，（我当时的失望啊，为了再也搜罗不到玉麒麟卢俊义这张画片的缘故！）——不过在二十年前，也同时有军舰的照相画片，英国的各时代的名舰的画片，海陆军官的照相画片，世界上各地方的出产物的画片，……这二十年以来，外国对于我国的态度无可异议的是变了，期待改变成了藐视，理想上的希望改变了实际上的取利；由画片这一小项来看，都可以明显的看见了。

当时我所收集的各种画片之内，有一种是我所最喜欢的，并不是为的它印刷精美，也不是为的它搜罗繁难。它是在每张之上画出来一句成语或一联的意义，而那些的绘画，或许是不自觉的，多少含有一些滑稽的意味。"若要工夫深，钝铁磨成针"，"爬得高，跌得重"，以及许多同类的成语，都寓庄于谐的在绘画中实体的演现了出来，映入了一个上"修身"课，读古文的高小学生的视觉……当时还没有《儿童世界》《小朋友》，这一种的画片便成为我的童年时代的《儿童世界》《小朋友》了。

画片，这不过是烟卷盒中的附属品，为了吸烟卷的家庭中那般儿童而预备的，在中国这个教育，尤其是儿童教育落伍的国家，一切含有教育意义的事物，当然都是应该欢迎、提倡的。——不过就一般为吸烟而吸烟的人说来，画片可以说是视而不见的；所以在出售于外国的高低各种，出售于中国的一些烟盒、烟罐之内，画片这一项节目是蠲除去了。

烟卷的气味我是从小就闻惯了，嗅它的时候，我自然也是感觉到有一种香味——还有些时候，我撮拢了双掌，将烟气向嗅官招了来闻；至于吸烟，少年时代的我也未尝没有尝试过，但是并没有尝出了什么好处来，像吃甜味的糖，咸味的菜那样，所以便弃置了不去继续——并且在心里坚信着，大人的说话是不错的，他们不是说了，烟卷虽是嗅着烟气算香，吸起来都是没有什么甜头，并且晕脑的么？

我正式的第一次抽烟卷，是在二十六岁左右，在美国西部等船回国的时候；我正式的第一次所抽的烟卷，是美国国内最通行的一种烟卷，"幸中"（Lucky Strike）。因为我在报纸、杂志之上时常看到这种烟卷的触目的广告，而我对于烟卷又完全是一个外行，当时为了等船期内的无聊，感觉到抽烟卷也算得一条便利的出路，于是我的"幸中"便落在这一种烟卷的身上。

船过日本的时候，也抽过日本的国产烟卷，小号的，用了日本的国产火柴，小匣的。

回国以后，服务于一个古旧狭窄的省会之内；那时正是"美丽牌"初兴的时候，我因为它含有一点甜味，或许烟叶是用甘草焙过的，我便抽它。也曾经断过烟，不过数日之后，发现口的内部的软骨肉上起了一些水泡，大概是因为初由水料清洁的外国回来，漱口时用不惯霉菌充斥着的江水、井水的缘故，于是烟卷又照旧的吸了起来，数日之后，那些口内的水泡居然无形中消灭了；从此以后，抽烟卷便成为我的一种习惯。医学所说的烟卷有毒的这一类话，报纸上所登载的某医士主张烟卷有益于人体以及某人用烟卷支持了多日的生存的那一类消息，我同样的不介于怀……大家都抽烟卷，我为什么不？如其它是有毒的，那么茶叶也是有毒的，而茶叶在中国原是一种民需，又是一种骚人墨客的清赏品，并且由中国销行到了全世界——好像烟草由热带流传遍了全世界那样。有人说，古代的饮料，中国幸亏有茶，西方幸亏有啤酒，不然，都来喝冷水，恐怕人种早已绝迹于地面了，这或许是一种快意之言，不过，事物都是有正面与反面的。

烟、酒，据医学而言，都是有毒的，但是鸦片与白兰地，医士也拿了来治病。一种物件我们不能说是有毒或无毒，只能说，适当，不适当的程度，在施用的时候。

抽烟卷正式的成为我的一种习惯以后，我便由一天几支加到了一天几十支，并且，驱于好奇心，迫于环境，各种的烟卷我都抽到了，江苏菜一般的"佛及尼"与四川菜一般的"埃及"，舶来品与国货，小号与"Grandeur"，"Navycut"与"Straight cut"，橡皮头与非橡皮头，带纸嘴的与不带纸嘴的，"大炮台"与"大英牌"，纸包与"听"与方铁盒。我并非一个为吸烟而吸烟的人——这一点自认，当然是我所自觉惭愧的——我之所以吸烟，完全是开端于无聊，继续于习惯，好像我之所以生存那样。买烟卷的时候，我并不限定于那一种；只是买得了不辣咽喉的烟卷的时候，我决不买辣咽喉的烟卷，这个如其算是我对于烟卷之选择上的一种限定，也未尝不可。吸烟上的我的立场，正像我在幼年搜罗画片，采集邮票时的立场，又像一班人狎妓时的立场；道地的一句话，它便是一般人在生活的享受上的立场。

　　我咀嚼生活，并不曾咀嚼出多少的滋味来，那么，我之不知烟味而作了一个吸烟的人，也多少可以自宽自解了，我只知道，优好的烟卷浓而不辣，恶劣的烟卷辣而不浓；至于普通的烟卷，则是相近而相忘的，除非到了那一时没得抽或是那抽得太多了的时候。

　　橡皮头自然是方便的，不过我个人总嫌它是一种滑头，不能叼在唇皮之上，增加一种切肤的亲密的快感，即使有时要被那烟卷上的稻纸带下了一块唇皮，流出了少量的血来，个人的，我终究觉得那偶尔的牺牲还是值得的，我终究觉得"非橡皮头"还是比橡皮头好。

　　烟嘴这个问题，好像个人的生活这个问题，中国的出路这个问题一样，我也曾经慎重的考虑过。烟嘴与橡皮头，它们的创作是基于同一的理由。不过烟嘴在用了几天以后，气管中便会发生一种交通不便的现象，在这种的关头上，烟油与烟气便并立于交战的地位，终于烟油越裹越多，烟气越来越少，烟嘴便失去烟嘴的功效了。原来是图求清洁的，如今反而不洁了；吸烟原来是要吸入烟气到口中，喉内的，如今是双唇与双颊用了许大的力量，也不能吸到若干的烟气，一任那火神将烟卷无补于实际的燃烧成了白灰，黑灰。肃清烟嘴中的积滞，那是一种不讨欢喜的工作；虽说吸烟是为了有的是闲工夫，却很少有人愿意将他的闲工夫用在扫清烟嘴中的烟油的这种工作之上。我宁可去直接的吸一支畅快的烟，取得我所想要取得的满足，即使熏黄了食指与中指的指尖。

　　有时候，道学气一发作，我也曾经发过狠来戒烟，但是，早晨醒来的时候，喉咙里总免不了要发痒，吐痰……我又发一个狠，忍住；到了吃完午饭以后，这时候是一饱解百忧，对于百事都是怀抱着一种一任其所之，于我并无妨害的态度，于是便记忆了起来，自己发狠来戒吸的这桩事件，于是便拍着肚皮的自笑起来，戒烟不戒烟，这也算不了怎么一回大事，肚子饱了，不必去考虑罢……啊，那一夜半天以后的第一口深吸！这或者便是道学气的好处，消极的。

　　还有时候，当然是手头十分窘急的时候，"省俭"这个布衣的，面貌清癯的神道教我不要抽烟，他又说，这一层如其是办不到，至少是要限定每天吸用的支数。于是我便用了一只空罐装好今天所要吸的支数；这样实行了几天，或是一天，又发生了一种阻折，大半是作诗，使得我悖叛了神旨，在晚间的空罐内五支五支的再加进去烟卷。我，以及一般人，真是愚蠢得不可救药，宁可将享受在一次之内疯狂的去吞咽了，在事后去受苦，自责，决不肯，决不能算术的将它分配开来，长久的去受用！

烟卷，我说过了，我是与它相近而相忘的；倒是与烟卷有连带关系的项目，有些我是觉得津津有味，时常来取出它们于"回忆"的池水，拿来仔细品尝的。这或许是幼时好搜罗画片的那种童性的遗留罢。也许，在这个世界上，事物的本身原来是没有什么滋味，它们的滋味全在附带的枝节之上罢。

烟罐的装璜，据我个人的嗜好而言，是"加利克"最好。或许是因为我是一个有些好"发思古之幽情"的文人，所以那种以一个蜚声于英国古代的伶人作牌号的烟卷，烟罐上印有他的像，又引有一个英国古代的文人赞美烟草的话，最博得我的欢心。正如一朵花，由美人的手中递与了我们，拿着它的时候，我们在花的美丽上又增加了美丽的联想。

广告，烟卷业在这上面所耗去的金钱真正不少。实际的说来，将这笔巨大的广告费转用在烟卷的实质的增丰之上，岂不使得购买烟卷的人更受实惠么？像一些反对一切的广告的人那样，我从前对于烟卷的广告，也曾经这样的想过。如今知道了，不然。人类的感觉，思想是最囿于自我，最漠于外界的……所以自从天地开辟以来，自从创世以来，苹果尽管由树上落到地上，要到牛顿，他才悟出来此中的道理；没有一根拦头的棒，实体的或是抽象的，来击上他的肉体，人是不会在感觉，思想之上发生什么反应的。没有鲜明刺目的广告，人们便引不起对于一种货品的注意。广告并不仅仅只限于货品之上，求爱者的修饰，衣着便是求爱者的广告，政治家的宣言便是政治家的广告，甚至于每个人的言语，行为，它们也便是每个人的广告。广告既然是一种基于人性的需要，那么，充分的去发展它，即使消费去多量的金钱，那也是不能算作浪费的。

广告还有一种功用，增加愉快的联想。"幸中"这种烟卷在广告方面采用了一种特殊的策略；在每期的杂志上，它的广告总是一帧名伶、名歌者的彩色的像，下面印有这最要保养咽喉的人的一封证明这种烟并不伤害咽喉的信件，页底印着，最重要的一层，这名伶、名歌者的亲笔签名。或许这个签字是公司方面用金钱买来的，（这种烟也无异于他种的烟，受恩的人并不至于受良心上的责备。）购买这种烟卷的人呢，我们也不能说他们是受了愚弄，因为这种烟卷的售价并没有因了这一场的广告而增高——进一步说，宗教，爱国，如其益处撇开了不提，我们也未尝不能说它们是愚弄。这一场的广告，当然增加了这种烟卷的销路，同时也给与了购者以一种愉快的联想；本来是一种平凡的烟卷，而购吸者却能泛起来一种幻想，这个，那个名伶，名歌者也同时在吸用着它。又有一种广告，上面画着一个酷似那"它的女子" Clara Bow 的半身女像，撮拢了她的血红的双唇，唇显得很厚，口显得很圆，她又高昂起她的下巴，低垂着她的眼睑，一双瞳子向下的望着；这幅富于暗示与联想的广告，我们简直可以说是不亚于魏尔伦（Velaine）的一首漂亮的小诗了。

抽烟卷也可以说是我命中所注定了的，因为由十岁起，我便看惯了它的一种变相的广告，画片。

说诙谐

大概，诙谐的本质，与格吱的，它们颇是相似。

这一次，我在一家理发店里，有理发匠替我捶背抠骨，抠到腰上的时候，我忍不住的笑出来了。后来，我一想，民间有一种俗话，说是怕格吱的男人都是怕老婆的；肉体上的刺激与反应既然是无由避免，于是，我便不得不教理发匠停止了他的抠骨。普天下的男人，虽说是没有一个不怕老婆的，不过，他们决不肯透漏出此中的消息来，因之，道貌岸然的，他们，至少，要装扮成一个若无其事的模样。我们，对于那种直接的或是间接的有损于自我的尊严的诙谐，也是采取着同样的处置。

天幸的有一种男人，那种不怕格吱的……这种人究竟存在与否，我实在是怀疑。以常理来测度，能忍住的男人是很多，至于完全能以格吱了不笑的男人，那恐怕是不会有的。

一定便是为了这个缘故，剧本内不常见有诙谐——讽刺的大前提——的成份，而小说内却是不少，甚至于，有的整部都是诙谐的成份。诙谐而一下转成了讽刺，即使是泛指的，都已经是有损于自我的尊严；尤其是，忍不住的又笑了出来，这个更是可以教自我由羞而恼的在家里看小说，总不会有外人来窥破这种损己的秘密，并且，人的那种天生得需要诙谐的本性也可以凭此而发泄了。

说自我

　　抓着这枝笔的手——自然是右手了。虽说不比吃饭，那是一定得要用口的，左手也可以写得字，不过，习惯教我从小起就用右手来写字了，并且话还是一样的说得。沸腾在这脑中的思想——也并不像爱伦·坡那样说的，文章先已经都打成了腹稿，接着才去把它抄录下来；只是一时间忽然意识到，这是一篇文章了，便提起笔来写下去，并不曾预计到内容将要是怎样的，只是凭赖了这一念之萌，就把这篇文章的将来交付进了它的手里。这只手与这一片思想，它们便是现在的自我。

　　记得也在许多的时候，曾经为了后来的运用而贮藏过一些材料在这个头颅里，不过，就了自觉的一方面说来，那些材料都还不曾使用过……至少，是并不曾像当时所想象的那样去使用过。我也可以预料到，将来自己再看这篇文章的时候，这创作过程中所感觉到的这一点心头的美味，仍然会复活起来；并且，有时候，还会发生一点惊讶与自喜。

　　这一个孱弱、矛盾的自我，客观的看来，它是多么渺小，短促，无价值；不过，主观的看来，它却便是一个永恒的一个宝贝，一个纳有须弥的芥子了。

　　它简直就是一个国家。

　　在它的国度之内，有主人，有仆人；也有战争，和解。

　　如其这颗心并不是我自己的，我真不知道要怎样的去妒忌它：因为，这个国度之内的乐趣都是"江汉朝宗"于它了。脑筋里思想，因了思想而获得的快乐，它是被心去享受了，肚子的命运似乎好一点，因为，在饥饿着的时候，它偶尔也能够感觉到一种暂时的乐趣——这种乐趣，与出游了好久以后回家来吞冷茶的那时候所感到的乐趣，恰好是一样。

《新生》的第一篇十四行里说，诗人看见自己的心被克去了，这或者便是它的报应。

它实在是过于自私了。不说这整个的躯体都是无昼无夜的在供给它以甜美的螫刺；便是在这个躯体与其他的躯体，抽象的或是具体的，发生接触之时，乐趣也还不都全是它的。有的自我，在毁坏、苦痛其他的自我之中，寻求到快乐，也有的在创造、愉悦其他的自我之中；客观的说来，自然是后一种好，不过，主观的说来，两种的目标便只是一个。

自我的心便是国家的银行。

科学，哲学，等于脑；宗教，艺术，等于心。

想入非非

贾宝玉在出家一年以后
去寻求藐姑射山的仙人

自从宝玉出了家以来，到如今已是一个整年了。从前的脂粉队，如今的
袈裟服；从前的立社吟诗，如今的奉佛诵经……这些，相差有多远，那是不
用说了。却也是他所自愿，不必去提。

只有一桩，是他所不曾预料得到的。那便是，他的这座禅林之内，并不
只是他自己这一个僧徒。他们，恐怕是只有很少的几个人，像他这般，是由
一个饱尝下世上的声色利欲的富家公子而勘破了凡间来皈依于我佛的。从前，
他在史籍上所知道的一些高僧，例如达摩的神异、支遁的文采、玄奘的淹博，
他们都只是旷世而一见的，并不能以在任何地方，任何时候都遇到。他所受
戒的这座禅林；跋涉了许久，始行寻到的，自然是他所认为最好的了。在这
里，有一个道貌清癯、熟谙释典的住持；便是在听到过他的一番说法以后，
宝玉才肯决定了：在这里住下，薙度为僧。这里又有静谧的禅房可以习道；
又有与人间隔绝的胜景可以登临。不过，喜怒哀乐，亲疏同异，那是谁也免
不了的，即使是僧人。像他这么，整天的只是在忙着自己的经课，在僧众之
间是寡于言笑的，自然是要常常的遭受闲言冷语了。

黛玉之死，使得他勘破了世情的，到如今，这一个整年以后，在他的心
上，已经不像当初那么一想到便是痛如刀割了。甚至于，在有些时候——自

然很少——他还曾经纳罕过，妙玉是怎么一个结果：她被强盗劫去了以后，到底是自尽了呢，还是被他们拦挡住了不曾自尽；还是，在一年半载，十年五载之后，她已经度惯了她的生活，当然不能说是欢喜，至少是，那一种有洁癖的人在沾触到不洁之物那时候所立刻发生的肉体之退缩已经没有了。

虽然如此，黛玉的形象，在他的心目之前，仍旧是存留着。或许不像当时那样显明，不过依然是清晰的。并且，她的形象每一次涌现于他的心坎底层的时候，在他的心头所泛起的温柔便增加了一分。

这一种柔和而甜蜜的感觉，一方面增加了他的留恋，一方面，在静夜，檐铃的声响传送到了他的耳边的时候，又使得他想起来了烦恼。因为，黛玉是怎么死去的？她岂不便是死于五情么？这使得她死去了的五情，它们居然还是存在于他，宝玉的胸中，并且，不仅是没有使得他死去，居然还给与了他一种生趣！

在头半年以内，无日无夜的，他都是在想着，悲悼着黛玉。这是很自然的事情。半年快要完了的时候，黛玉以外的各人，当然都是女子了，不知不觉的，渐渐的侵犯到他的心上，来占取他的回忆与专一。以至于到了下半年以内，她们已经平分得他的思想之一半了。这个使得他十分的感觉到不安，甚至于，自鄙。他在这种时候，总是想起了古人的三年庐墓之说……像他与黛玉的这种感情，比起父母与子女的感情来，或者不能说是要来得更为浓厚一些，至少是，一般的浓厚了；不过，简直谈不上三年的极哀，也谈不上后世所改制的一年的，他如今是半年以后，已经减退了他的对于黛玉之死的哀痛了。他也曾经想过各种各样的方法，要使得他的心内，在这一年里面，只有一个林妹妹，没有旁人——但是，他这颗像柳絮一般的心，漂浮在"悼亡"之水上的，并不能够禁阻住它自己，在其他的水流汇注入这片主流的时候，不去随了它们所激荡起的波折而回旋。

> 天长地久有时尽，
> 此恨绵绵无尽期。

这两句诗，他想，不是诗人的夸大之辞，便是他自己没有力量可以作得到。

在这种时候，他把自己来与黛玉一比较，实在是惭愧。她是那么的专一！

也有心魔，在他的耳边，低声的说：宝钗呢？晴雯呢？她们岂不也是专一的么？何似他独独厚于彼而薄于此？并且，要是没有她们，以及其他的许多女子，在一起，黛玉能够爱他到那种为了他而情死的田地么？

他不能否认，宝钗等人在如今是处于一种如何困难，伤痛的境地；但是，同时，黛玉已经为他死去了的这桩事实，他也不能否认。他告诉心魔，教它不要忽略去了这一层。

话虽如此，心魔的一番诱惑之词已经是渐渐的在他的头颅里著下根苗来了。他仍然是在想念着黛玉；同时，其他的女子也在他的想念上逐渐的恢复了她们所原有的位置。并且，对于她们，他如今又新生有一种怜悯的念头。这怜悯之念，在一方面说来，自然是她们分所应得的；不过，在另一方面说来，它便是对于黛玉的一种侵夺。这种侵夺他是无法阻止的，所以，他颇是自鄙。

佛经的讽诵并不能羁勒住他的这许多思念。如其说，贪嗔爱欲便是意马心猿，并不限定要作了贪嗔爱欲的事情才是的，那么，他这个僧人是久已破了戒的了。

他细数他的这二十几年的一生，以及这一生之内所遭遇到的人，贾母的溺爱不明，贾政的优柔寡断，凤姐的辣，贾琏的淫，等等，以及在这些人里面那个与他是运命纠缠了在一起的人，黛玉——这里面，试问有谁，是逃得过五情这一关的？人世间的悲欢离合，无一不是五情这妖物在里面作怪！

由我佛处，他既然是不能够寻求得他所要寻求到的解脱，半路上再还俗，既然又是他所吞咽不下去的一种屈辱，于是，自然而然的，他的念头又向了另一个方向去希望着了。

庄子的《南华真经》里所说的那个藐姑射山的仙人，大旱金石流而不焦，大浸稽天而不溺，那许是庄周的又一种"齐谐"之语，不过，这里所说的"大旱"与"大浸"，要是把它们来解释作五情的两个极端，那倒是可以说得通的。天下之大，何奇不有？虽然不见得一定能找到一个真是绰约若处子的藐姑射仙人，或许，一个真是槁木死灰的人，五情完全没有了，他居然能以寻找得到，那倒也不能说是一件完全不可能的事体。

他在这时候这么的自忖着。

本来，一个寻常的人是决不会为着钟爱之女子死去而抛弃了妻室去出家的；贾宝玉既然是在这种情况之内居然出了家，并且，他是由一个唯我独尊的"富贵闲人"一变而为一个荒山古刹里的僧侣的，那么，他这样的异想天开要去寻求一个藐姑射仙人，倒也不足为奇了。

由离开了家里，一直到为僧于这座禅林，其间他也曾跋涉了一些时日。行旅的苦楚，在这一年以后回想起来，已经是褪除了实际的粗糙而渲染有一种引诱的色彩了。静极思动，乃是人之常情。于是，宝玉，著的僧服，肩着一根杖，一个黄包袱，又上路去了。

我的童年

一 引言

如今，自传这一种文学的体裁，好像是极其时髦。虽说我近来所看的新文学的书籍、杂志、附刊，是很少数的；不过，在这少数的印刷品之内，到处都是自传的文章以及广告。

这也是一时的风尚。并且，在新文学内，这些自传体的文章，无疑的，是要成为一种可珍的文献的。

从前，先秦时代的哲理文，汉朝的赋，唐朝的律诗、绝句，五代与宋朝的词，元朝的曲，明朝的小品文，清朝的训诂，这些岂不也都是一时的风尚么？

《论语》《孟子》《庄子》之内，那些关于孔丘、孟轲、庄周的生活方面的纪载，只能说是传记体裁的。它们究竟有多少自传的性质，在如今，我们确是难以断言。

以著作我国的第一部正式历史的人，司马迁，来作成我国的第一篇正式的自传，《太史公自序》，这可以说是最自然不过的事情。当然，他的那篇《自序》，与我们心目中所有的关于自传这种文学体裁的标准，是相差很远的。

不过，由他那时候起，一直到清朝，我国的自传体文，似乎都是遵循了他的《自序》所采取的途径而进行的。

在新文学里面，来写自传体文，大概总存有两个目标，指引后学与抚今追昔。后学可以是自己的家人、学生，也可以是自己所研究的学问之内的后进，也可以是任何人。

我是一个作新诗的人。虽说也有些人喜欢我的诗，不过要说是，我如今是预备来作一篇诗的自传，指引后学，那我是决不敢当的。至于我的一般的生活，那只是一个失败，一个笑话——就作诗的人的生活这一个立场看来，那当然还要算是极为平凡；就一般的立场看来，我之不能适应环境这一点，便可以被说是不足为训了。

要说是抚今追昔，那本来是老年人的一种特权；如今，按照我国的算法，我不过是一个三十岁开外的人。

不过，文学便只是一种高声的自语，何况是自传体的文章？作者像写日记那样来写，读者像看日记那样来看。就是自己的日记，隔了十年、二十年来看，都有一种趣味——更何况是旁人的日记呢？并且，文人就是老小孩子，孩子脾气的老头子，就他们说来，年龄简直是不存在的。

二　旧文学与新文学

记得我之皈依新文学，是十三年前的事。那时候，正是文学革命初起的时代；在各学校内，很剧烈的分成了两派，赞成的以及反对的。辩论是极其热烈，甚至于动口角。那许多次，许多次的辩论，可以说是意气用事，毫无立论的根据。有人劝我，最好是去读《新青年》，当时的文学革命的中军，是刘半农的那封《答王敬轩书》，把我完全赢到新文学这方面来了。现在回想起来，刘氏与王氏还不也是有些意气用事，不过刘氏说来，道理更为多些，笔端更为带有情感，所以，有许多的人，连我也在内，便被他说服了。将来有人要编新文学史，这封刘答王信的价值，我想，一定是很大。

大概，新文学与旧文学，在当初看来，虽然是势不两立；在现在看来，它们之间，却也未尝没有一贯的道理。新文学不过是我国文学的最后一个浪头罢了。只是因为它来得剧烈许多又加之我们是身临其境的人，于是，在我们看来，它便自然而然的成为一种与旧文学内任何潮流是迥不相同的文学潮流了。

它们之间的歧异。与其说是质地上的，倒不如说是对象上的。

三　作小说

这还是十一二岁时候的事情。

那时候，在高小，上课完了以后，除去从事于幼年时代的各种娱乐以外，便是乱看些书。在这些书里，最喜欢的便是侠义小说。记得和一个同班曾经有过一种合作一部《彭公案》式的侠义小说的计划；虽说彼此很兴奋的互相磋商了许多次，到底是因为计划太大了，没有写……在那个时候，我们两个都是不出十四岁的少年。

除了旧小说以外，孙毓修所节编的《童话》也看得上劲。一定就是在这些故事的影响之下，我写成了我的第一篇小说创作。如今隔了有十七年左右，那篇，不单是详细的内容，就是连题目，我都记不清楚了。仿佛是说的一只鹦鹉在一个人家里面的所见所闻。

以后，也曾经想作过《桃花源记》式的文章，可是屡次都没有写成。

在新文学运动的这十几年之内，小说虽是看得很多，也翻译了一些短篇，不过这方面的创作却是一篇也没有。

据我看来，作小说的人是必得个性活动的，而我的个性恰巧是执滞，一点也不活动。

一定就是为了这个缘故，我在编剧、演剧两方面也失败了。

在十二三岁的时候，和两个同班私下里演剧；准备，化装，排演，真是十分热闹——其实，那与其说是演剧，还不如说是好玩。

在这一次的排演里面，我还记得，我是扮的一个女子。七年以后，学校里面正式的演剧，我由一个女子而改扮一个老太婆了！

扮演老太婆的那次，我是一个失败的。一上了剧台，身子好像是一根木棍；面部好像是一个面具；背熟了的剧词，在许多时刻，整段的不告而别。居然有一个先生，他说我的老太婆的台步走得还像，也不知道他是安慰我，还是确有其事；因为，我的行步的姿态向来是极不优美的，身材不高而脚步却跨得很远，走路之时，是匆忙得很——我仿佛是对于四肢并没有多少筋节的控制力那样。至于我的两条臂膀，在走路的时候，摔出去很远，那更是同学之间的一种谈笑资料。

有时候，我勉强还可以演说，不料演剧的时候，居然是一塌糊涂到那种田地。这或者与我所以有时候可以写些短篇小说性质的小品文而却作不了短篇小说，是根源于同一种性格上的缺陷。

周启明所译的《点滴》，里面有一些散文诗性质的短篇小说；那一种的短篇小说，我看，或许便是像我这样性格的作诗的人所唯一的能作得了的。

四　读书

我是六岁启蒙的；家里请的老师；第一部书是读的《龙文鞭影》。只记得这是一部四字一句的韵文史事书籍——关于它，我现在已经不记得其它的内容了。

书房在花园里，花园里那边是客厅。书房前面的院子里，有一个亭子。

老师大概是一个举人。我还记得，他在夏天里，是穿着一件细竹管编成的汗褂。

背不出书来，打手心的事情，大概是有——不过现在我是已经忘记了。只记得，有一次，那是读完了《龙文鞭影》以后，读《诗经》的当口，我不知道是那一页书，再也背不出来，老师罚我，非得要背出来，才放我下学。只剩下我一个人，在书房里面；听见自己的声音，更加伤心，淌眼泪。大概是到底也没有背得出来，有家里大人讨保放我下学了。

十几年以后，我每逢想起《诗经》这一部书的时候，总是在心头逗引起了一种凄凉的情调，想必便是为了这个缘故。

八九岁，读完了《四书》，以及《左传》的一小部分。就是在这个时候，学着作文了。

这是在离家有几里远的一个书馆里的事情。有一次，只剩下我一个人在馆里，心里忽然涌起了寂寞，孤单的恐惧，忙着独自沿了路途，向家里走去……这里是土地庙与庙前的一棵大树与树下的茶摊，这里是路旁的一条小河，这里是我家里田亩旁的山坡，终于，在家里前院的场地上，看见了有庄丁在那里打谷，这时候，我的心便放下了，舒畅了。

我的蒙馆生活是在十岁左右终止的。

十一岁时候，考取了高小一年级。这以后的十年，便是我的学校生活的期间，在小学，在大学期间，都曾经停过学。在一个工业学校的预科里面读过一年书。在青年会里读过英文。

说起来很有趣味：我后来又有机会看到我在工业学校里所作的一篇《言志》课卷，那里面说，将来学业完成了，除去从事于职业以外，闲暇的时候，要作一点诗，读一些诗文——这时，不用说，是旧诗的意思；这诗文，不用说，也是旧诗文的意思。

在工业学校里，教国文的先生是豪放一派的；他喜欢喝酒，有一个酒糟鼻子，魏禧的《大铁椎传》是他所特别赞颂的一篇文章。

后来，我又有过一个国文先生，有"老虎"之称；不过他谨饬些。便是在他的课堂上，在自由交卷的时候，我学着作新诗。虽说他是一个旧学者，眼光倒还算是开明的，对于我的新诗课卷，并不拒绝。

听说他，像教我《四书》《左传》的那个书馆先生那样，结局很是潦倒。

我读书，是决不能按部就班的。课本，无论先生是多么好，我对于它们总不能感觉到一种特殊的兴趣，便是那种我自己读我自己所选读的书籍，那时候所感觉到的兴趣。

大概，书的种类虽然是数不尽的多，不过，简单的说来，它们却只有两个。它们便是，不得不读的，以及自己爱读的书籍。由报纸一直到学校内的课本，就是不得不读的书籍。至于自己爱读的书籍，那就要看"自己"是谁了。譬如，我是一个作文、教书的人，我自己所爱读的书，要是与一个工程师所爱读的来对照，恐怕是会大不相同的。不过，普天下的大我，它却是有一种书籍决无不爱读之理的；那一种便是小说。

我也是一个人，当然逃不出这定例。十二岁到十四岁，爱读侠义小说。十五岁左右，爱读侦探小说。二十岁左右，爱读爱情小说。

侠义小说的嗜好一直延续到十几年以后，英国的司各德，苏格兰的史蒂文生，波兰的显克微支，他们的侠义小说，我为了慕名、机缘等的缘故，曾经看了不少；实在是爱不忍释。

司各德各书，据我所看过的说来，它们足以使我越看越爱的地方，便是一种古远的氛围气，以及一种家庭之乐。家庭之乐这个词语，用来形容这些小说之内的那一种情调，骤看来或许要嫌不妥当，不过，仔细一想，我却觉得它要算是我所能找到的唯一的妥当的摹状之词了。这一种家庭之乐的情调，并不须在大团圆的时候，我简直可以独断的说，是由开卷的第一字起，便已经洋溢于纸上了。或许，作者所以能永远留念于世人的心上的缘故，便在于他能够把这种乐居的情调与那种古远的氛围气有机的融合在一起。

史蒂文生的各部小说之内，我最爱读的一部是 The Master of Ballantrae。这篇长篇小说，与作者的一篇中篇小说，Dr. Jekyll and Mr. Hyde 以及一篇短篇小说《马克汉》，在精神上，似乎有孪生的关系。这三篇文章，我臆断的看来，或许便是作者对于他在一生之内所最感到兴趣的那个问题的一个叙述与分析。

显克微支的人物创造，Zagloba 与莎士比亚的 Falstaff 同属于一个人物类型，而并不雷同。

上举的各种侠义小说，有些可以叫作历史小说、心理小说，以及其他的名字；各书之内，除去侠义之部分以外，还有言情，社会描写等等成分。这实在是一切小说的常例。因为小说，与生活相似，是复杂的。小说之能引起共同的爱好，其故亦即在此。

侦探小说，我除去柯南道尔的各部著作以外，看的不多。至于他的各部侦探小说，中译本我是差不多全看完了，在十五岁的时候，原文本我也看过一些，在二十五岁的时候。年龄的增加并不曾减退过我对于它们的爱好。

至于言情小说，我只说一部本国的，《红楼梦》。这部小说，坦白的说来，影响于人民思想，不差似《四书》《五经》。胡适之关于本书的考证，只就我个人来说，并不曾减少了我对于本书的嗜好；潜意识的，我个人还有点嫌他是多事。这是十年前，我在看亚东图书馆本的《红楼梦》那时候所发生的感想。至于这十年以来，整年的忙着受课、教书、谋生，并不曾再看过这部小说。我看我将来也不会教到"中国小说"这种课程，所以，我只有把十年前的那点感想坦白的说出来；至于本书的评价，那自然有在这一方面专门研究的人可以发言。

杜甫的诗我是爱读的。不过，正式的说来，他的诗我只读过四次；并且，每次，我都不曾读完。第一次是由《唐诗别裁集》里读的一个选辑，第二次是读了，熟诵了全集的很少一部分，第三次是上"杜诗"课，第四次是看了全集的一大半。十五岁以后，喜欢杜诗的音调；二十岁左右，揣摹杜诗的描写；三十岁的时候，深刻的受感于杜的情调。我买书虽是买的不多，十年以来，合计也在一千圆以上，比上虽是差的不可以道里计，比下却总是有余；说起来可以令人惊讶，便是，杜诗我只买过石印一部，要是照了如今我对于杜诗的爱好说来，一买书，我必定会先把习见的各种杜诗版本一起买到。

只要是诗，无论是直行的还是横行的，只要是直抒情臆的诗，无论作得好与不好，我都爱。爱诗并不一定要整天的读诗。从前，在十八岁到二十岁的时候，曾经有过几个时期，我发过呆气，要除去诗歌以外，不读其他的书籍；现在回想起来，倒觉得有趣——不过，或许，我现在之所以能写成一点诗，我的诗歌培养便是完成于那几个时期之内。我是一个爱读诗，爱作诗的人，而在我所购置的已经是少量的一些书籍之内，诗集居然是更少；这个，说给那些还喜欢我的新诗而并不与我熟识的读者听来，他们一定是会诧异的。

我曾经作过一首题名《荷马》的十四行，算是自己所喜欢的一些自作之一……其实，这个希腊诗人的两部巨著，我只是潦草的看过，并不曾仔细的研究一番。在我写那首诗的时候，并不曾有原文的节奏、音调澎湃在我耳旁，我的心目之前只有 El son Grammer School Reader 里面的这两篇史诗的节略。这个，说出来了，一定会教读者失笑的，如其他是一个一般的读者；或是教他看不起，如其他是一个学者。

我是一个极好读选本的人。选本我可读了又读，一点也不疲倦。至于全集，我虽说在各方面也都看过一些，不过，大半，我只是匆促的看过一遍，就不看第二遍了。杜甫与莎士比亚是例外。这两个诗人，读上了味道，真是百读不厌；从前，现在的无穷数的读者所说的话，我到现在已经恳切的感觉到，并非人云亦云的一种慕名语，我并且自己欣幸，我现在已经达到了一个可以真诚的，深切的欣赏他们的诗歌的时期。他们的确是情性之正声。

说到不得不读的书籍，我是一个度过了二十年学校生活的人，当然，它们是课本了。在学生时期之内，我对于课本，无论是必修科还是选修科，是很不喜欢读的。现在回想起来，教育与生活一样，也是一种人为的磨炼……我当初既是不能适应学校的环境，自然而然的，到了现在，我也便不能适应社会的环境了。

我真是一个畸零的人，既不曾作成一个书呆子，又不能作为一个懂世故的人。

投考

　　他已经考取了高小一年级。

　　这是一个师范的附属小学校，在本城的小学之内，算是很好的。只要国文、英文、算术这三门里面，有一门考及了格，便可以录取入学；他是考国文录取了的。

　　投考的时候，他是坐人力车去的。在车上，他的一颗心忐忑不安。平时，坐车子本来是一件快乐的事，因为，坐车与走路的速率不同，一个孩童对于这个是敏感的——风迎了面吹来，那愉快的感觉，直不亚似在热天，老女工给他洗了一个澡以后，他坐在床上抚摩四肢、胸、腹在那时候所发生的那种愉快的感觉。可是，这一天，他只在脑筋里记挂着那个怕它来又要它快完的考试。身外的一切，他都忘记了，除去那个布包，里面放着笔墨，他用了一双出汗的手紧握住的。他也没有心思，像平常坐车子的时候那样，去看街道两旁的店铺、房屋了。

　　是一个长辈带领着他来应试。一声"停下！"的时候，他在心里震动了一下，发现了车子停住在一条柳树沿着小溪的路边，面前便是学校的大门。他下了车。这校门，门上的铁楣他要把颈子仰得很高才能望见的，门旁排的校名直匾就他看来是字写得巨大而触目动心的，颇像是他的心目中的一个学校老师，凛凛的。校门内，一条宽敞，平坦的道路直达附属小学校的校门。

　　他在家里读过书，在乡塾里读过书；至于踏进学校的门，这还是第一次。这是一个与家馆，与乡塾迥不相同的地方。这条路是多么清净，整齐；路左边的柳树是多么碧绿，苗条；路右边的师范屋墙是多么高大，庄严！虽说学校里是要与许多素不相识的同学一起上课，读一些素来不知为何的书籍，他是很想考入这个学校的。他很想每天在这条路上走过，在上学，下学的时候，有很多也是来投考的人，跟着大人，从他的身边过去。看来，他们是若无其事的；并且，他们是那么络绎不绝的……这个，使得他的那颗已是慌乱的心更加慌乱了。有几个，大概是旧生，引领着兄弟或者亲戚来投考的，一路上谈谈笑笑；他颇是羡慕他们。

他在家馆里所读的书早已忘记了。倒是在乡塾里所读的《四书》，为了预备考这个学校的缘故，他曾经温习过。他，又在大人的督促之下，读了一点《古文观止》。至于作文，在乡塾里开了笔的，这几个月以来，他也作了一些功课；大人都还说是作得不错。他很喜欢看那些加在他的文课旁边的连圈；它们颇为使他觉得自傲。他希望，这次考试里面他所作的文章，学校老师也能够在上面加一些连圈。不过，题目是那么多，知道学校老师是要出那一个呢？要是出一个他所曾经作过的题目，他想，那就容易了，他可以定下神来回想他的原稿；要是时刻来得及，他还可以多加上一些文章进去。只要说得很多，老师一定是喜欢的。最重要的一层是，不要写错了字，写别了字。他在走进附属小学校的校门的时候，心里这么想着。可是，万一出的是一个他所不曾作过的题目呢……

蝉声在柳树上喧噪着。他想起来了，家旁一口塘的岸边，也有蝉声在柳树的密叶里，不过，与这里的似乎不同，这里的似乎带着有抽噎的声音，不像塘岸上的那么热闹，那么自在。

带领着他来这里的长辈在问门房。

他挟着布包，跟在后面。这布包里有一枝笔，一个墨盒；墨盒是大人特为给他带来作考试之用的。他很怕墨盒里漏出了墨来，那时候，不仅笔与布包，便是他所穿的那件新单袍子都要弄脏了。当了老师，许多同伴的面，那未免是太难堪了。

他在走过一条廊。廊的左边是淡青色的墙壁，上面有瓦花窗；右边是一排胆色的廊柱，廊柱以外便是学校的操场，操场上有一些体育的设备，他并不知道名字，他很情愿在它们的上面玩耍，可是他又有一点害怕。

廊与操场的那头，是一排满是玻璃窗的教室。这不像家馆的书房，因为老师就是睡在那书房里；这又不像乡塾的书房，因为那就是堂屋，并且没有这么多的窗子。教室里的设备是完全异样的。他觉得有趣——他极其想考进这个学校。他把布包打开了，看见墨盒里的墨汁并不曾漏了出来，他的心里宽畅了。

他的长辈去了会客室，留下他一个人在这里。

已经有一些同伴在教室里，等候着考试；不过，他并没有与他们之内的任何人交谈，一则认生，二则不知道能否考取，他没有勇气去与他们谈话，三则他在纳闷着，老师是要出怎么一个题目。

等得不耐烦了。他打开盒来，蘸笔，在带来的纸张上写字。他的手有一点颤抖。他不写字了；腹诵着前几天所读的一篇古文。腹诵了有一半，便梗住了，在第一天腹诵时候所梗住的那个地方；再也想不起下文来。

便是这时候，监考的老师进来了。他看见同试者都站了起来，在老师上了讲坛的时候，行一鞠躬礼，再坐下，他也跟着照样作了。他向老师望了一眼，似乎是心里惭愧，不知道这种仪节，又似乎是心虚，适才的那篇文章没有腹诵出来……还好，老师并没有向他看。

老师，沿了前排的座位，在分散着试题。他焦急的等候着。他很懊悔，进来教室的时候，为什么要靠了门坐上这一排的最末一个座位，为什么不去那边，坐在那边外面一排的第一个座位上，因为，那样，他便可以第一个接到试题，赶早作文了。

一张油印的试题，带着一张打稿子的纸，与试卷，由前桌的同试者交给了他。

是一个他所不曾作过的题目。不过，还不算是顶难。

他把试卷放进抽屉里去了，怕打草稿的时候，一不当心，会在那上面沾了墨渍。他看见同试者有许多是用铅笔在打草稿，那是快得多了，他想；所以，他很反悔，为什么不把家里给他买的那枝铅笔带来。不过，再一想，铅笔断了铅的时候，削起来是费事的，他又心里轻松了。

老师的脚步声过来过去个不停。除此以外，只听见纸张的窸窣声，与偶尔的一声抽屉响。

……会客室在那里呢——他一边打着草稿，一边这样的想——交了卷以后，他怎么去他的长辈那里呢……要是有这个大人在旁边——并不用告诉他文章里面要怎样说，只要是坐在一旁，让他在心里觉得，他并不是一个人在这里，也用不着去愁会客室是在什么地方，他想，他的文章一定会做得很好。他在想家了。

草稿虽是不算十分满意，为的怕时候不早了，来不及誊清，他便只得从抽屉里面去取出试卷来。一句，一句的抄，那是很吃力的一件事，因为他想把文章抄得很工整，并且一个字也不错，而他的小楷却是写得极慢，极不好的。老师从他面前走过去的时候，他的手动了一动，想着把他的文章掩盖起来；并且，脸忽的红了，心勃勃的跳得厉害。他以为老师是在看他的那一段自己颇是得意的文，心里有一点自傲。老师在他的一旁站了很久。他所坐的座位，加上他那种慌张的神情，著实是可疑的——不过，他自己并不觉得，他并不知道老师守望了许久是为的这个。

已经有几个人交卷了。这时候，他的文章也已经抄得只剩一两行了。他的心里宽畅了下去。同时，他反悔，早知道是如此，何以不把文章作得长一点呢？已经誊好了，它是难得再加的。不过，为了心里已经不慌乱的缘故，他的神智清醒了：他可以慢慢的誊抄着剩余的文章，等候着下一个交卷的人，一同出教室，那样，会客室便不愁找不到了。

他到了会客室。他的长辈向他要草稿看。那个，他并没有带出来，是被他放在试卷里面，一起交进去了，这是他的糊涂之处，因为，他既是在等候着旁人交卷，他应当是会知道旁人是把草稿给带走的。多么不幸的事情！他不能知道，试卷究竟是作得如何，它究竟能否教他考入这个学校！

他走过长廊的时候，向着教室、操场望了一眼；他那颗心里的一种滋味是异样的。

门外的蝉声十分喧噪；这是一个热闷的下午。他很想到塘边去抛瓦片。不过，他还是坐车回去的。

救风尘

元曲的思想无论是多么浅陋，人物是多么颠倒，但它也有它两种长处，使得它可以传后，它的第一种长处便是它为纯粹的戏剧，第二种长处便是它为社会的实写。元曲中能够代表这两种长处的便是关汉卿的《救风尘》。

从前谈曲的人总是将曲子分作场上案头两种。场上这种是以排演为目的的，就是我所说的"纯粹的戏剧"。排演既是它的目的，他的曲文自然是偏重于白描，它的说白自然是偏重于通俗了。

我们国内有人说，元曲中的曲文是抒情的，说白是叙事的；研究希腊戏曲的人也是同样的头脑，他们说，希腊戏曲中的合唱都是抒情的。其实不尽然；曲文——合唱——中固有抒情的部分。而叙事与解说的时候也并非没有。希腊的戏曲，我们试拿《亚加曼能》来讲，则这篇戏曲中的合唱诗便有许多是追述往事的；元曲我们试拿面前的《救风尘》来讲，也是一样，因为我们如果将它的说白与曲文分开来，只看说白，看此曲到底是说的怎么一回事，那时我们一定是会失望的。

曲文闲来叙事解说，而要不白描，是决不可以的了。我们试看《救风尘》第一折中的赵盼儿所发的一番议论是全折中最精彩的一部分，而它却是用曲文写的；倘若在这种时候，曲文而不能白描（即是不能为听众所了解的意思），则他们将如买椟还珠，索然寡味，毫不能在心目之中明白的看见赵盼儿这个老于世情语语中肯的娼家女了。我们再看第三折中的"几番家待要不问，第一来我则是可怜见无主娘亲，第二来是我惯曾为旅偏怜客，第三来也是我自己贪杯惜醉人。到那里呵，也索费些精神"。（这是赵盼儿决定从周舍手中救出宋引章时所说的话）。又看同折中的"那好人家将粉扑儿浅淡匀；那里像咱干茨腊手抢着粉？好人家将那篦梳儿慢慢地铺鬓；那里像咱解了那衽胸带，下颏上勒一道深痕？好人家知个远近，觑个向顺，衡一味良人家风韵；那里像咱们恰便似空房中锁定个猢狲，有那千般不实乔躯老，有万种虚嚣歹议论，断不了风尘"。又看第四折中的"俺须是卖空虚，凭着那说来的言咒誓为活路。怕你不信呵遍花街请到娼家女，那一个不对着明香宝烛，那一个不指着皇天后土，那一个不赌着鬼戮神诛？若信这咒盟言，早死的绝门户！"这些段落都是与曲中情节紧有关连的。它们如不是用白描的曲文来写出，则听众将失了线索，减了兴趣，而排演的目的完全失败。

元曲的白描后人群推为元曲的一种特长，殊不知这种特长完全是被情势所造成的。

讲到曲中的说白，自元到清几百年中，我简直没有看见一个例子。能够比得上这篇《救风尘》的第三折（与第四折的一部分）。唯一的证明我的结论的方法是将原文征引下来：

（正旦云）周舍，你来了也。

（周舍云）我那里曾见你来？我在客火里，你弹着一架筝，我不与了你个褐色绸段段儿？

（旦）小的，你可见来？

（小闲云）不曾见他有什么褐色绸段儿！

（周）哦，早起杭州散了，赶到陕西，客火里吃酒，我不与了大姐一分饭来？

（旦）小的们，你可见来？

（闲）我不曾见。

（周）我想起来了！你敢是赵盼儿么？……好好！当初破亲也是你来。小二，关了店门。则打这小闲！

（旦）周舍，你坐下，你听我说。你在南京时，人说你周舍名字，说的我耳满鼻满的，则是不曾见你；后得见你呵，害的我不茶不饭，只是思想着你，听的你娶了宋引章教我如何不恼？周舍，我待嫁你，你却着我保亲！

我好意将着车辆鞍马莝房来寻你，你划地将我打骂，小闲，拦回车儿，咱们去来！

（周）早知姐姐来嫁我，我怎肯打舅？

（宋引章上，骂了赵盼儿。）

（旦）周舍，你好道儿！你这里坐着，点的你媳妇来骂我这场，小闲，拦回车儿，咱回去来！

（周）好奶奶！请坐！我不知道她来！我若知道她来，我就该死！

（旦）你真个不曾使她来？……你舍的宋引章，我一发嫁你。

（周）小二，将酒来。

（旦）休买酒，我车儿上有十瓶酒呢！

（周）还要买羊。

（旦）休买羊，我车上有个熟羊哩！

（周）好好的！待我买红去。

（旦）休买红，我箱子里有一对大红罗！周舍，你争什么那？你的便是我的；我的就是你的！

（周舍回家，休了宋引章；宋携休书与赵同逃，为周所发觉，赶上了。周骗得休书，咬碎。）

（宋）姐姐！周舍咬了我的休书也！

（旦上救科）

（周）你也是我的老婆！

（旦）我怎么是你的老婆！

（周）你吃了我的酒来！

（旦）我车上有十瓶好酒，怎么是你的？

（周）你可受我的羊来！

（旦）我是有一只熟羊，怎么是你的？

（周）你受我的红定来！

（旦）我自有大红罗，怎么是你的？……引章妹子，你跟将他去！

（周）休书已毁了，你不跟我去，待怎么？

（外旦怕科）

（旦）妹子休慌莫怕，咬碎的是假休书！

这一段文章自身便是称赞，也用不到我们来称赞它了。

关汉卿是一个戏剧的天才（正如蒋士铨是一个诗剧的天才，杨潮观是一个短剧艺术的天才）。他的天才上引的一段说白可以证实；我又要引一段他对于社会的观察，也可证明他有戏剧的天才，因为凡是有戏剧天才的人皆是眼光如炬能够灼见社会上的一切形形状状的。

娼妓制度的实情，以及为娼妓者的心理，我向来没有看见过有任何文人描写过，写出它们的，并且写的逼真的，唯一文人便是关汉卿，那本写娼妓的书便是《救风尘》。

妓女追陪，觅钱一世临收计。怎作的百纵千随？知重咱风流媚……待嫁一个老实的，又怕尽世儿难成对；待嫁一个聪俊的，又怕半路里轻抛弃。……作丈夫的便作不的子弟；那作子弟的他影儿里会虚脾，那作丈夫的忒老实。……我看了些觅前程俏女娘，见了些铁心肠的男子辈；便一生里孤眠，我也直甚颜？……俺虽居在柳陌中，花街内，可是那件儿便宜？……但来两三遭，不问那厮要钱，她便道，"这弟子敲镘儿哩"！但见俺有些儿不伶俐，便说是，女娘家要哄骗东西。……

御园中可不道是栽路柳？好人家怎容这等娼优？……

那一个不可可道横死亡？那一个不实丕丕拔了短筹？则你这亚仙子母老实头！普天下爱女娘的子弟口，那一个不指皇天各般说咒？恰似秋风过耳早休休！

我们看了这一段文章，觉着既不能诅咒她们，因为她们自有她们的辩解，但也不能亲近她们，因为我们与她们之间隔着一道"猜疑"的洪沟；我们并且从此看出，猜疑促成了传统的观念，传统的观念与两性中的害群之马也促成了猜疑：这真是一出悲剧，一出极为深刻的悲剧。

我国戏曲中无一可以立于世界悲剧名著之林的则已，倘有，则它便是关汉卿的《救风尘》。

蒋士铨传

　　蒋士铨，字心余，又字苕生，号清容，晚号定甫；江西省铅山县人。他身材高大，眼睛很长。他原来姓钱，本是浙江省长兴县人。是明末清初钱家躲反，将蒋氏的祖父——那时只是一个小孩子——藏在了一只桶中扔在家里，被一个人发现了，他看见这个小孩子的相貌很奇怪，于是将这个孩子带了家去，他铅山地方有一个朋友姓蒋，那时刚巧还没有生儿子，他于是将这个小孩子给他的朋友作了义子：蒋氏之所以由姓钱而改姓蒋，就是这样起头的。

　　蒋氏的祖父蒋承荣由一个相貌奇怪的小孩子长成一个性情孤介的大人。他是少年废学的，他对于家中生产之事很不看在眼里，他只同了几个好朋友去遍游名山大川，他曾经两次登过五岳。终究，他从这些汗漫游中不得志的回了家，自此以后，他只是吃斋奉佛，消去了他的一生。

　　在他的这些浪游中，他的妻子带着他们的最幼的儿子，蒋坚，在家中种菜作小生意以维持两人的生活；在这时候，他们的亲戚对于他们娘儿两个，是没有一个来过问的。

　　蒋坚便是蒋士铨的父亲，忽忽的长成一个二十岁的大人了，但他好学的心还是不倦；他日里念不了书，就在夜里念，念累了精神疲倦下去的时候，便用指爪在指甲与肉相连的地方猛刺，以振作起读书的精神来；呕血在他看来，也是一件平常的事。他考举人考不取，于是发愤往游京师，在直隶山西两省的地方来往奔走，他作了许多任侠仗义的事情，有他的儿子后来作了一篇行状，将它们都记载了下来。

　　这个义烈之士的落第举人是到四十六岁的时候才娶亲的，他的妻子是她的父亲所奇爱之女，择婿一直择到了十八岁的时候，还没有择出一个惬意的女婿来；别的人将这位义士的事迹告诉了这位老头子，这位老头子竟慨然的将他的择婿十年的女儿嫁了这位四十六岁的老秀才了。

　　雍正三年十月二十八月卯时，蒋士铨生于江西省南昌省城，那时候他的父亲与他的两个伯伯已经分开家了，他们夫妻儿子三个分得一间小的房子，家中则是精光，只有一个小奴跟着他们，替他们洒扫炊汲。蒋氏自三岁一直到八岁，是住在外祖家里的，从十岁一直到二十岁，是住在父亲的朋友王氏家里的，蒋家之穷，由此可以想见。并且他住在外祖家中的六年里，有两年还闹过饥荒呢！

　　蒋氏从四岁起读书，都是他的母亲教的。四岁的时候，她因他年纪太小，还不能执笔，于是用竹丝排字，叫他认。认熟后，将字解散，叫他照排起来，直至一点不差，才放手。五岁的时候，她教他《论语》《孟子》《大学》《中庸》，并加讲解。七岁的时候，他的功课渐渐的紧起来了；他害病的时候，他的母亲写了许多首唐诗，黏在墙上，带了他在诗下唱读，好将病痛忘记一点。病好之后，他读书偷懒一点的时候，她便对了灯伤心起来，到了夜深还是不住；他问她什么原故的时候，她便说："你是爸爸晚年所生的孩子；你想想看爸爸是怎样的喜欢你，有望于你？他如今出着远门，很少回家，那么教导你的责任，不都是在我的身上吗？要是他一天回来，看见你是这样不长进，这不都是我的过错吗，就说他不说我，我自己能不伤心吗？他外面虽不说，他的心里不也要伤心吗？"说到这里，她又哭起来了。小孩子听到了这些话，又看见了这种情景，不觉也哇哇的大哭起来。

　　蒋氏是十六岁时候开始作诗的。到第二年大病几乎要成痨病，无论服什么药，都没有用。蒋氏的体质本来就是多病的，他从出世到如今，一共害过三场大病。他在他的自传——《忠雅堂年谱》——里面说，他在十七岁大病时期内一个秋夜中，咳嗽很厉害，以致睡不着；他灰心的坐在床上，呆望着从窗棂中漏入的月光；忽然间脑中不可思议的起了一种念头，他立刻恍然大悟，他所以害这么大病是一个什么原故了；他于是挣扎起来，燃起烛来，从书籍中翻出他一向所看的几十本淫靡绮丽的书，以及他近来作的四百多首的艳体诗，一齐搬到庭中，付之一炬，并且向天悔过，郑重的立誓，以后再不作任何邪妄的念头了。到了第二天一发亮，他就立刻匆忙的去到书店之中，买了一部《朱子语录》，回家诵读，并且自己立出一个课程表来，按表洗心的读书。这是八月的事，到了十一月的时候，他的病竟完全不见了！

这时候，他是住在他父亲朋友王氏的家中，王家藏书数万卷，都是供他坐拥的。他开始读杜甫韩愈李白苏轼各家的诗集，他对于李白"神仙""游宴"各类的诗是很不喜欢的，他说它们空而复。

二十一岁，他随了父亲，回南昌老家居住。他是在这年结婚的。二十二岁，入经塾；他的父亲交了三百钱给他一个堂兄代存，嘱咐一天给他三文，作菜蔬灯火之用。他自此以后，屡次受当道的赏识。二十三岁，即成举人。二十四岁，二十八岁，三十岁，他三次考进士，都没有考取。他是三十三岁才成进士的。他这三次的投考，所以不取，一次是因为主考说江西的名额已经取满，不再看卷子了！还有一次，是因为他的文章太长，他求加纸，竟没有允许！

他的父亲是在他第一次考进士的那年死的；隔了一年，他正二十六岁，大年初一的晚上，他看一看米瓮，只剩有五斗米，他正焦急着呢；忽然第二天早上，有人送来一封南昌县知县的信．说是，彭公青原极力推荐——这个彭青原便是蒋氏的《一片石》中为娄妃立墓石的人——请他去当南昌县志的总纂。

他去了南昌，他见到南昌知县时的第一句话，便是说，城南丁家山有桓伊墓，墓地为劣僧所蹂躏。这个知县也是很好的。他听到了蒋氏的话，立刻叫人去量地；劣僧听到了这消息，吓得魂不附体，立刻逃之夭夭了。知县令人在墓前立起碑来（碑文就是请蒋氏作的），并且在坟的四周种起了新树，又立起告示，谕一切人等不得再来侵犯蹂躏这块墓地。

蒋氏这一类风雅的事迹是很多的。即如上述的娄妃墓，被蒋氏步行访得，立刻回去，告诉了彭青原，怂恿他立了一块墓石并且在坟前祭了一次：就是一个例子。

还有一次，他那时是三十九岁，他在北京得到了史可法的画像与手迹家书；四十九岁，他在扬州，扬州的梅花岭正是史可法殉难的地方，并且他访出了史可法的后人只是替史氏守着一个小祠；于是他就劝当地的盐运使——一个很肥的差缺——为史可法在梅花岭上修一祠堂并且建一衣冠墓；这位盐运使抬起算盘来打了一打，要用一千银子——这数目就他的这个差事讲来也算很微的了——他竟回绝了蒋氏！隔了一年，蒋氏托他的一个同年将史可法的画像转交给乾隆看见了，乾隆一看，天颜大喜，喜欢作诗的龙脑中立刻跳出一首七律来，并且叫朝中的诗臣每人依韵和了一首，即将他的那一笔我们大家眼熟的字以及各个臣工恭楷所写的各首七律发下这一位拒绝了蒋氏的请求的两淮盐政，刻石以垂不朽。这位盐政奉了圣旨，立刻大兴土木，用去一万五千两造起了一所祠堂，一座御书楼。

他主持修纂《南昌县志》事，极其谨慎。相传从前的《南昌县志》是在明朝万历中烧掉了木板，当时已经一部俱无了。幸亏与蒋氏相好的彭青原巡抚，家藏各地志乘有几千本之多，蒋氏将它们都借来了，与同事们分开来查看，凡是关于南昌人事的地方，都抄录下来。

并且他在各乡之中大出告示，令各家将祖先的事迹著述都直接的送来县志局中备用；这样一来，一般胥吏衙役，向例是要借此来敲竹杠的，如今都只好向蒋氏怒目而视，无法可想了。

修县志的时候，他派同事中公慎的人担任采访，派廉正的人担任记传。志中节烈一类，尤为郑重；他在这类的文稿成功以后，将各节烈的姓名开出一张榜来，悬挂各乡之中，看有错误没有，有遗漏没有，因此结果圆满之至。

蒋氏是一个富有想象的人，并且主纂县志，在前代文人的心目中，是一件很荣耀而很郑重的工作，在这种时候，蒋氏的想象自然是很为活泼的了；所以他在他的自传里记下了一件性质近于神怪关于他的修志的事，就是，他在修志的时候，有一次梦见一位姓段的忠臣托兆，还有一次梦见一位烈妇托兆；后来，他在《河南通志》里找到段氏的死事情形，并且在书牒中发见描写某烈妇的容颜、状貌的文章，与他梦中所见的女子一个模样：这也算是很奇的了。

他又在三十一岁的时候一个十六的日子，梦见有跟班们带了轿子来接他去作官，他梦中精神恍惚，莫名所以。就上了轿子一径去了；到了之时，看见他中举人时的考师冯秉仁也在那里；这位冯考官约他十九上任，他心中到这时方才恍然，他想起了老母在堂无人服侍，于是向冯考师力辞。他醒了的时候，将梦中的事情向母亲说了；她听到了这些话极其痛心，于是立刻叫人去请和尚来作三天道场。三天刚要告毕，是十九的晚上了，他瞌睡入梦，又看见了上次的那顶轿子来接他，他向鬼官说，家有老母；自己不能去上任，请转达另觅高明；那知鬼官居然要用武力了，他大吃一惊，醒了转来；看见青灯如豆，他已经淌了几升口水，将衣袜都浸的透湿了。这时候听到室外的磬声正在铮铮的响着哪。次年去京，遇到了一个本家，向他说："浙江有一个陈秀才，无疾而死，说是替江西蒋某人到阴间去作官的，是你吗？"这一件事较上事更奇了。从前法国哲学家兑加耳从监牢里出来的时候，听到背后向他高声叫道："为真理而战，不要屈伏！"他回头一看，人影毫无，恐必蒋氏的这些事也同兑氏的一样，只是一些被热烈的想象所酿成的特殊心理作用罢了。

在蒋氏任《南昌县志》总纂的时候，他有一次去访一个朋友，看见墙上贴着一首意致古雅的诗，他问他的朋友，知道是一个前任知府叫作靳椿的所作的，并且知道靳氏被参入狱，如今穷的很。他动了好奇心，于是随了朋友去找靳氏，原来是一个相貌古丑，声音洪亮，而肚子里有学问的人，他问靳氏为了什么事入狱，靳氏起初不肯讲，问了再三，靳氏才说：他蒙恩任了知府，极以廉节自励；不料他的前任是一个喜欢作生意的人，这个前任有一次拿了许多件东西来，托他代向各属下的知县出销，想敲一个几千银子的竹杠，他不肯担这个担子，用四十银子打发走了；那知本省臬台便是这位商人知府的亲戚，这样一来法网自然要加来他的身上了。蒋氏回了家的时候，叫人送了两石米去靳氏的家中，靳氏立成一首十几韵的诗答谢，蒋氏又替他在本省巡抚前代申情由，竟得放出。蒋氏与同事们凑起一笔钱，将他送回家去了。

这一类仗义的事情，蒋氏是作的很多的；有其父必有其子，这也是很自然的事情。

蒋氏是一个很有骨头的人。他在担任总纂《南昌县志》的时候，有他从前中举人时的考师有一次笑着向蒋氏说："某公想得你作他的门人，他一定帮你忙的，你情愿吗？"蒋氏郑重的说："只有亲与师是不可假借的。"考师听他这样，知道他的气节依然未改，不觉连声的赞叹个不止。还有一次，那时他四十岁了，有一个人向他说，他如果肯入景山去替内伶填戏本，皇上一定会赏识的，这人并且情愿自己作荐相如的狗监，但蒋氏一口谢绝了。

他自从以一个二十六岁的少年总纂《南昌县志》以后，又在三十八岁之时作"续文献通考馆"的纂修官，五十七岁充"国史馆"纂修官，专修《开国方略》十四卷。

四十二岁的时候，他任浙江绍兴府蕺山书院的院长，一直到四十七岁的时候；就中有一短时期，主持杭州崇文书院，在此六年中，母亲迎来了任上，儿孙罗列于膝前，并且山川如画，与当地诸名士相往来；在他的生活中，除了一时期外，便算这时候最自在。

这个"一时期"紧接着"蕺山书院时期"，便是"安定书院时期"；安定书院在扬州，"二分明月"的地方，那么也用不着说了。终结此时期的事情是他老母的死，那时他正入五十一岁。

蒋氏晚年受乾隆的赏识，五十四岁，北上，五十七岁，以候补御史终其政治的生活。

他生活之终则在乾隆五十年二月二十四日，那时他正过了六十的整寿。

妻张氏，妾王氏戴氏；子知廉，知节，知让，斗郎，知白，知重，知简，知约；孙，则自传中仅载一长孙中立。诗中载有五孙。

蒋氏的著作共有《忠雅堂文集》十二卷，《忠雅堂诗集》二十六卷，《补遗》二卷，应制的诗《簪笔集》一卷，《铜弦词》二卷，南北曲若干，戏曲一十五种（仅九种通行）。

蒋氏总共作曲一十五种：《一片石》（二十七岁春夏之交）；《康衢乐》，《忉利天》，《长生箓》，《升平瑞》（上四种二十七岁为江西绅民遥祝皇太后寿而作）；《空谷香》（三十岁十月作）；《桂林霜》一名《赐衣记》（四十七岁五月作）；《四弦秋》一名《青衫泪》（四十八岁九月作）；《雪中人》（四十九岁十二月作）；《香祖楼》一名《转情关》（五十岁二月作）；（临川梦）（五十岁三月作）；《第二碑》又名《后一片石》（五十二岁八月作）；《冬青树》（五十七岁八月作）；《采石矶》（五十七岁八月作）；《采樵图杂剧》（五十七岁作）。通行的只有九种，叫作《藏园九种曲》，九种外的四种《万寿贺剧》以及《采石矶》，《采樵图》我都没有见过，不知到底还有流行的本子没有。李调元在他的《雨村曲话》中说蒋氏五十八岁病痹，右手不能书后，"闻其疾中尚有左手所撰十五种曲未刊"，这我看不可靠。

杨晦

本来不预备谈新文学作者的了，然而终竟忍不住，只好由它吧，并且借此能表彰出一些真好而不知名的文人，也是一件快事。

《沉钟》是当今文艺刊物中出色的一种，尤其是就中杨君晦的戏剧有一种特殊的色彩，在近来的文坛上无疑的值得占有一高的位置。现在我便就了它们对作者加以批评。

就题材讲来，作者是十分丰富的：他对于北京的低级社会情形知道的很清楚，尤其是儿童的生活。因为有了这种丰富的经验作原料，所以他能创造出一些新鲜的活跳的文字来，即如《庆满月》中描摹醉汉的那段文章：

柳先生：他大概喝醉了。你看他里拉歪瘸的，舌头都发黏啦。

张瞎子：（踉跄的走来）那是谁？柳先生吗？你怎没喝喜酒去？

柳：我早偏过啦。现在席都"散"啦吗？

张：人都"乱"啦？可不是人都乱啦吗？"夜猫进宅，无事不来。"人能不乱吗？

老刘头：怎么刚才真是夜猫子哭吗？

张：（不回答他的话）人不散——啊，不乱怎么的？我刚刚端起一盅酒来，还没有喝到口呢——东家奶奶吓哭了。小宝贝呢？小宝宝也吓昏了——我的酒壶也洒了，酒盅子也打了——鬼哭神号。鸡叫狗咬——啊！夜猫子哭号。

柳：（欲下）

张：（扯住柳的衣袖）你怎么要走啦，我刚一来。——人家有四急，你是那一急呢？——"火上房，狗赶羊，牛犊子跳井，老太太上床"——

刘：你这是怎么啦？你喝两盅尿臊酒，喝人肚里还喝狗肚里去啦？

张：我——我——我没有醉。（跟跄的倒在烟囱角下）夜猫进宅——无——无事不来——牛犊子跳井，老太太上床——

又如《笑的泪》开场的那段，以及《老树荫下》结尾的那段：它们描摹顽皮的孩子，都是多么生动，多么新颖。

作者也能刻画人物，即如《磨镜》中的潘金莲的说话。借着个毛孩子的仙气，硬把住汉子——儿子是儿子，爹是爹；谁也当不了谁——一个儿子要养活他自个的老婆就不容易了，还顾得养活他爹呢？——他艰难不艰难关你屁事，你许是也想要抱哥儿了？这样的菩萨心，在表示出：她自私、妒忌、嘴尖、性淫，活是一个潘金莲显现在纸上。

作者对于京人的土白真是熟悉，你听它们从他的口中多么自然的进出来，并且多么充满了色彩，这才真是描写民间的文章呢。

作者的艺术同样的令人惊诧。《笑的泪》一文借了一种戏台的生活反映出丧母的伤心，《庆满月》一文借了旁观者的口说出一出家庭的悲剧，《磨镜》一文借了许多彼此无关的事情烘托出嗣息两个字来。尤其是《在老树荫下》一文之中，作者的艺术得到了一个完美的表现。这篇文章的主意是描写老佟头的无子之悲哀。作者引出三种不同的父来陪衬这主人翁，并且引出三种不同的子来烘托这主人翁的无子。现在为求详尽起见，且将此剧解剖一下：

老佟头是一个卖饽饽的，老了虽然攒了些钱，但是看见别人有子孙闹烘烘的，唯独自己无后，不免伤心，刘四爷是有子有孙的，不过他们并不孝顺。他倒羡慕老佟头耳根清净，积有银钱可花。老佟头说："这么大的小孩子，就是顽皮，也怪得人意的——树老归根。像我死了连个上坟烧纸的人都没有，攒几钱又作什么？"赵秀亭有儿子给他酒钱与听书的钱，又有小孙子抱：他是一个走运的人，走运的人大半都自私，这也无怪他说老佟头是疯子，自己只知道去呵他的孙儿小宝了。刘耀臣的儿子也伶俐，但是他的欢喜并不像赵秀亭那样流露出来，他只是一刻说"反正都能自己当家了，我们这老鸟货也不顶事了"。一刻又说："你看这小子那两片嘴有多损！像你那个鸟样子好？"

这一类喜极而戏责自己与儿子的话，他们这三个父亲不是谈起你听到说书的说儿亡媳寡的佘太君，便是讲到我的邻居的那个父死不回的学生。老佟头想亲近秃子同二小，却被他们摔开了手，他想抱小宝，又惹得他哭起来，加上看见这些为父的人，听到了他们的这番话：他怎能不痛哭流涕，想着毁灭一切呢？

　　一个作者的文章不能个个字都是好的，这个有希望作中国的文艺复兴的 Synge 的戏剧家自然也不免。好像《庆满月》中秦妻所说的"我就这么一颗明珠"一段文，以及"谁教你生养这样一个如花的女儿"一段文，又如老刘头所说的"秦氏的在天之灵"一句话；都是修辞学中的句子，并非活人的活话。《庆满月》中，柳先生的叙述以及张瞎子秦妻的道白也嫌冗长，不合戏剧这种体裁——虽然他们当中并非没有精采的地方。

　　各篇之中还另有些地方也不合戏剧的体裁：孩子要在戏台上当场撒尿，并且刘耀臣要脏话的满口讲。不过这些并不足为各文之累，因为它们能表示出作者的一种毫无顾忌的精神，并且那一对生龙活虎的顽皮的孩子，浇尿不是他们干出来，还有谁能干得出来？还有那言词粗直而胸中充满了父之爱的乡农，我们难道要他满口的子曰诗云才舒服吗？我十分知道，《老树荫下》这出戏是决无排演之可能的，但我们不妨把它放上一座虚无的戏台，让我们作它的开明的观众，来赏鉴它的真美。

　　《沉钟》第七期不曾见到，不知当中有作者的妙文没有。但是我希望，以后我能常常看见这一类的妙文。

谈《沙乐美》

  王尔德《沙乐美》已经有了两种中文的译本了。这两种译本我虽然都没有见过，但大家对《沙乐美》发生的兴趣，就此已可看见。不错，一个人读过了《沙乐美》，决定是免不了发生兴趣的。我自己就是对它发生热烈兴趣的一个，我忍不住要来谈它一下——"谈"字却不很妥，恐怕还得换成"赞"字才好。

  这出剧本是一件完美的艺术品，奇特的艺术品。任是从布景方面讲来，或是从结构方面讲来，或是从内容方面讲来，或是从词藻方面讲来，它都无疑的是一件艺术品。

  月亮这件东西，在文学里面，可以说是最陈最滥的一件东西了。文学的月亮，可以说是同真正的月亮一样，已经变成一种僵硬无生气的东西了。然而文人的笔是一件最奇怪的物件：严厉起来，它可以诛乱臣贼子，仁慈起来，它又能使尸首般的"月亮"复活。王尔德便是这个文人。

  我们试看他的《沙乐美》戏里那一件事发生的时候，任是沙乐美甘言教侍卫长放先知出来的时候，或是沙乐美爱上了哀奥迦南的时候，或是沙乐美替国王跳舞的时候，或是沙乐美向国王要哀奥迦南的头的时候，或是沙乐美吻着人头同时被侍卫打死的时候，那一时没有月亮在上头作着见证？

  不单是作见证呢。我们试看沙乐美由一个洁白的童贞一转而成一个胸中腾沸着爱的赤潮的女子的时候，月亮不也是由冰的白变成了火的红了吗？国王的灵魂里燃炽着肉的烈焰的时候，王后的灵魂里迸裂着嫉妒愤怒，仇恨的火山的时候，月亮不是也变了吗？沙乐美的朱唇吻着哀奥迦南的热血的时候，沙乐美自己的热血飞溅的时候，月亮不是也变了吗？

月不单是全剧的一个象征，它并且是剧中每个人的象征。王后的侍御是一个胆小的，永远怕"可怖的事情会发生"的人，所以月亮在他的眼中变成了一个女鬼，从坟墓里钻出来了的女鬼，行步很慢而是寻找着什么的女鬼。侍卫长是一个在恋爱中的少年，所以月亮在他的眼中变成了一个公主，披着鹅黄色面纱的公主，白银作脚的公主，鸽子的嫩翅膀作脚正在舞蹈着的公主。希洛是一个荒淫的妻子，曾经嫁过许多人的，如今正在妻子的女儿身上打主意的国王，所以月亮在他的眼中变成了一个妇人，一丝不挂的就是要想替她遮掩起来她都不要遮掩的妇人，四处流浪找男子的妇人，喝醉了酒东跌西倒的妇人。希罗底亚是一个有实际眼光的王后，所以月亮在他的眼中还是月亮，毫无别的意义。

沙乐美看见了月亮的时候说：

望月是多么爽快的一件事！她正是一小块银的钱，一小朵银的花。她是冰冷的，贞洁的。我敢断言她是一个童贞。她的美与童贞的美完全一样。是的，她是一个童贞。她再也没有点染过她的身躯。她再也没有委过身给男子。像别的女神那样。

她的这段话是说月亮，也就是说她自己。

月神岱亚娜看见了美丽的牧童安地明，在纯贞的胸中，燃起了爱的火，到底在烈特摩司峰上当他睡熟的时候偷着吻他一下，了结这笔情债。同样，沙乐美也有她个人的爱的方法。

希腊神话里面说凡是被岱亚娜在梦里吻过的人都变成诗人，王尔德，我们可以相信也是此中的一个。不然，他决写不出这种月光般透明，月影般美丽的文章：

"还有晨光的脚，轻落在高树的树叶面上的晨光的脚，也没有你的身体那样白；还有月亮的胸膛，轻压在海的胸膛上面的月亮的胸膛，也没有你的身体那样白。"

"你的身体白得可怕。它像一个遍体白斑的害麻疯的人的身体。它像一堵毒蛇爬行过的白粉墙，一堵蝎子作过窠的白粉墙。它像一座涂垩过的坟墓，墓中满是令人作恶的东西。"

"哀奥迦南，我是爱上了你的头发。你的头发像一丛一丛的葡萄，伊登地方的黑葡萄。你的头发还像列巴农地方柏树上的密叶。……连树林里的沉默都没有你的头发那样黑。"

"你的嘴唇比那些在榨酒机上踩葡萄的人的脚都红，你的嘴唇比那些养在寺院里面有祭司饲喂的鸽子的脚都红。……你的嘴唇像渔人在落日的海中找到的一枝珊瑚。"

"我有黄的宝玉，老虎眼睛一般黄的宝玉；我有红的宝玉，鸽子眼睛一般红的宝玉；我有绿的宝玉，猫儿眼睛一般绿的宝玉。"

从前希腊的诗人希西厄德作了一首诗，特地描摹希腊最大的勇士赫酉里士的盾牌是个什么模样，王尔德的这出戏也可看作是一幅给希腊最美的女子赫命绣的五色陆离的帷幔。

谈《番女缘》

　　《番女缘》（Aucassin et Nicolette），这篇法国古代的弹词，它的大意可以拿四个字包括净尽：爱之凯旋。

　　爱的法力是无边的。阿迦珊是一个小伯爵，然而他爱的时候，便把贵贱忘记了，因为尼哥列不过是一个市聚上买的丫头。他们并且不同教，照耶教的说法：异教的人都得下地狱，与异教徒结婚的人也得跟着下地狱，然而阿迦珊宁可为了爱牺牲去他的灵魂。

　　爱使尼哥列、女，去寻男。这篇弹词作于法国的文艺复兴时代，那时代一切都受了解放，男女间的界限也痛快的扫除了：只要彼此真正相爱，男寻女同女寻男还不是一样吗？就是我们中国，在自由的古代，也有卓文君夜奔的故事。

　　进香人一瞥见尼哥列的白腿，病就立刻好了，还有阿迦珊的肩伤也是被她治愈了：这些我们拿来当作实事看，固然未尝不可，不过拿来当作比喻看的时候，却更有味。尼哥列便是爱之象征，她所经过的地方，好像有日光照着一般，忽的光明起来。所以她足下的小花颜色显得黯淡，林中的牧羊人也将她当是仙女。她所接触的人，好像被太阳晒了一般，立刻心胸之内充满了生意，所以本来是纠纠武夫的望卒也对她生了怜惜之心，本来有病的进香人与阿迦珊，也神奇的痊愈过来。

散文诗（三则）

一

"进化"走着她的路。路的一旁是山，骷髅与骨殖堆聚成的，冷得，白得像喜玛拉亚高峰上的永恒不变的雪；路的一旁是水，血液汇聚成的，热得，红得像朝阳里的江河，永恒的流动着。但是，她的道路上，她的衣衫上，她的头发上，她的面庞上，她的心坎上，是花，白的与红的。

她唱着她的歌。歌词没有一个人，一头兽，一只鸟，一条鱼，一个虫，一棵树，一块石能听懂；但是，在她的歌声之内，他们鼓舞起来了……一面，他们自食，互食。

由飞蛾一直到爱因施坦，或是飞越过赤血的河，或是攀援过白骨的山，他们辐聚来她的身边，来瞻仰她的容颜，来膜拜，来捧呈上他们的贡品。

幸福的是他们，那些得到了她的一笑的；他们，从此以后，便有太阳的热烈与月亮的冷静永驻在他们的心坎上，以及星辰的灿烂，在他们的思潮中，声响中，以及天河的优美，在他们的姿态中。

略不停留的，她走着她的路，口里唱歌。

看不见她，何默尔扬起了歌声。在黑暗中，悲妥芬回忆着她的光华的节奏。米克朗吉娄为了她消瘦，废寝忘餐。达汶契失望了，搁下了他的已经提起有一半的笔。

向了天边她走去，向了虹的路。

尽管地震，尽管有警告的彗星撞来，她的歌声，是再也没有停息过。像天河一样，她行走着她的永恒的路，在白骨的山坡上，在赤血的河旁。

二

我颂扬一切的"伟大"！

它们是太空中的许多太阳。在它们的热烈的拥抱之下，我们生育；在它们的光华的瞬视之下，我们生长。

它们来了，一切都改变的形象。在一切之上，有"美"的光轮在灿烂。

生存在它们的氛围中，是幸福的。没有萎靡，没有迂滞，没有渺小……没有一切的"伟大"的对象。便是雷，便是风暴，它们，"伟大"的反面，也是伟大的。

在诅咒着你的声响中，同时我们颂扬——啊，"伟大"，我们爱你！

我是一片青草；我是一片绿叶。

我是小溪，我是江河里的一个波浪，我是海洋中的一朵浮沤！

绿叶落了，又有绿叶。

星宿死了，它们的灵魂，在太空之上，仍然灿烂着光明！

太阳收敛了光与热，归返到星云之内……在星云的胞胎内，又有新的太阳在创造！

啊，"伟大"，一切的"伟大"，我颂扬你们！

三

诗灵，"一"里的"一"，"光明"里的"光明"！你给了我热，你给了我智慧，你给了我坚忍；你，诗灵啊，还要继续的给我，给我更多的！

一天我又活一遍。"过去"你收藏着——给我精华；糟粕呢，你去践踏，踏在脚下！"未来"在你的手掌中——给我，如我所应得的！

给我眼睛，好看到你的各相：我好知道怎样来赞颂你，一点不错，一点不漏！

给我耳朵：我好通盘的听见那许多的赞颂你的歌声！给我聪明：我好拿

它们一齐听懂，来改善我的歌喉，颂词，来激发我的勇敢！

在膜拜你之中我骄傲。在膜拜一切的"一"，一切的"光明"之中我骄傲。给我愤恨，我好来愤恨一切的"一"，一切的"光明"的仇敌！

选自诗集《石门集》，上海商务印书馆 1934 年出版

文学与消遣

消遣这两个字本来是消愁遣闷的意思，不过按照现在的沿用而说，它却成了消磨时日。

消愁遣闷，那正是文学的第二种功用，如上章所说的。叔本华说过，愁苦是人类的本分，但是愁苦如其尽着蕴结在肺腑之中，它最能伤损身体的健康——所以常言道，至悲无泪，小说中描写一个遭遇了莫大的惨痛的人，总是说他，大半时候是她，伤心得眼泪都梗住了流不出来，眼眶焦干的晕倒在地上。在情绪遭逢了这种阻逆的时候，我们如其放在这个人的手中一本雨果（Hugo）的《悲惨世界》（Les Miserables），用以毒攻毒的方法将他的眼泪激发出来，或是放一本狄更斯的《辟克维克谐传》（Pickwick Pabers），用笑泪引逗出悲泪来，那是这个人事后追思时所要感激涕零的。愁苦既是人类的本分，世上既是充斥如许的愁苦，我们便切身的感觉到，我们是如何需要那种能以排解他的文学了。

消磨时日也是文学的一种副作用，有许多的文学书是专为了供应这种需要而写的。中国从前说的，文学只是消遣，那固然明显的是错误；不过以文学之包罗万象，它也未曾不顾及人类的这种需要，而设法去给与它以满足……当然，这种的文学只是低级的。犹如开辟了一条运河，便利交通，灌溉田地，这些都是它的主用，但是在同时，也有人在这条运河里洗衣洗菜。

消遣文学是一般作者与文人所极端嫉视的。这种嫉视基源于两层理由，喧宾夺主与实际利益。因为一般人是忙碌的，没有许多闲工夫去细心体悟，鉴赏伟大的、深奥的、篇幅繁重的文学，（有一些西方的文学教授坦白的自认，不曾读完过米尔顿（Milton）的《失乐园》（Paradise Lost）；研究文学的人尚且如此，外道人更是不言而喻了。）又因为一般人是忽视客观的标准而重视主观的嗜好的——在选购文学的书籍之时——所以正牌的文学少人过问，而消遣文学则趋之若鹜。福尔摩斯的名字，全中国的人，无论是那个阶级，都知道；知道福斯达甫（Falstarr）的，在中国有多少人？科南·道尔的书，与同代的也是一个苏格兰人的史蒂文生的书，是那一个的销路广大？（这并不是说，科氏受了史氏的嫉视。）

在中国现在这种识字阶级的人不多的时代，这种对于消遣文学的嫉视还没有尖锐化；不过在西方的国家内，识字者占人口的大多数，又有一种好读书，大半是文学，以自侪于开化者，不甘于作时代落伍者的风气，这种正牌文学与消遣文学的竞争，以及正牌文学对于消遣文学的嫉视，却是极端的尖锐化了。攻击投时好的作者，成了一般文学批评者的合唱，这完全是因为他们到处的听见读者将亨列克（William Black），一个投时好的作用的名字挂在口头，而并不曾听见有几多的读者提起梅里狄斯（Meredith）的名字，又因为他们看见写消遣文学的人坐汽车，作富翁，而正牌文学的作者却在贫民窟里饿饭。每种现象必有它的背景；在将来的中国，教育普及到了相当的程度之时，这种文学上的嫉视、攻击也是不免的。

为了预防这种畸形的现象之发生，为了避免文学上的不平。下述的办法应该要文学的读者与作者去考虑，提倡：由每本文学书籍，每篇文艺的收入中抽出百分之一，由一个全国的文人联盟来保管这笔捐款，并将它拨用于各种文学的用途上，如津贴文人，举办新书评论的刊物。或者能在文学界内，作一件在其他各界内所不能作到的事，这是文人，一切高尚的理想的掌旗者，所应自勉的。

选自《文学闲谈》，上海北新书局 1934 年出版

文学与年龄

电影院里，如其这次是开映着一种刺激力特别强烈的片子，总是悬起一块牌来，阻止十五岁以下的儿童入内观看。文学内也有不宜于"意志未坚"的少年的一种，虽说无从挂起禁止阅览的牌子。社会上对于这类的文学，也自有它的各种对付的办法：禁止发售；检查；家庭中，大人绝口不提《金瓶梅》，或是，晚辈提起了的时候，痛骂淫书；图书馆内《十日谈》藏的是有，却不出借与学生阅览。社会要根本的铲除去这类的书籍，那当然是不可能的；不过，一个人没有达到相当的年龄，有些书籍确是也不宜于阅览，好像一个十五岁以下的学生，要是去作几千米突的竞走，那是只会有害于身体的。

一种的年龄需要一种的文学。中国从前是没有儿童文学的；大人聪明一点的，也只拿得出《桃花源记》《中山狼传》给一个十岁的儿童；这个儿童，被驱于内心的需要，被只得去寻求满足于《七侠五义》《今古奇观》，或是略能会意的《聊斋》之内。这些书，在白话小说史上，固自有相当的价值；就儿童说来，它们却并不是适宜的书籍。肉欲小说与侠义小说风行于今日，就中的缘故，除去社会的背景不说，有一种重要的，儿童时代缺乏适当的文学培养。

儿童文学也未尝没有与一般的文学类似的所在。插图，儿童文学内的一种要素，在成人文学内也是受欢迎的；动物，充斥于儿童文学之中的，也供给着材料，形成了许多优越的成人文学作品。如多篇的赋，咏物的诗，"Rad and His Friends""St. Joseph's Ass"，彭斯（Burns）的《田鼠诗》，孝素（Chaucer）的《坎特伯里故事集》中那篇《女尼故事》；加厉的文笔（Caricature）如其儿童是一致欢迎的，也同能以满足成人的文学欲，在浪漫派的小说内，如雨果的《悲惨世界》，在写实派的小说内，如狄更司的各种长篇小说，都是文学。儿童文学与成人文学自然在许多点上消息相通，它们的歧异只在程度与方式之上。成人的意识中本来有一部分是童性的遗留。

好的儿童文学有时也是好的文学。《伊索寓言》，安徒生的"童话"，就了它们，无论是儿童或成人都可以取得高度的艺术的满足，《酸葡萄》，这个来自《伊索寓言》中的词语仍然挂在成人，老者的口头；《皇帝的新衣》这篇童话同时也是一篇伟大的短篇小说。

莎士比亚的《仲夏夜梦》，如其有人将它的情节撮要的说给儿童听，一定能博得热烈的欢迎；莎氏在老年所作的《飓引》（The Tempest），里面有一首诗——

Where the bee sucks，there suck I——正是一篇极好的儿童诗歌教材。然而莎氏的戏剧，原来都是为了战士、商人、贵族，以及他种的剧院的观众而作的。

文学的统一性遍及于文学的领域之内，即使是儿童文学这个藩属。

浪漫体的文学是少年时代的一种最迫切的需要。这种体裁的文学，在教育上，是地位极为重要的。想象与体格的发展都在少年时代；处在这个时代内的少年，如其有健全的，积极的恋爱文学，健全的、优美的骑士文学给他们阅读，一定能培养成为想象丰富、魄力坚强的国民。如其只有那种消极的《红楼梦》《西厢》，那种充满了土气息，产生自不健全的社会背景的《水浒》，甚至于那种"海淫""海盗"的书籍，那么，在少年时代阅读它们的人，在成为正式的国民的时候，便不免是贫血的，"多愁多病"的，想像力单薄，思想黄萎的了。

（胡适之先生，在文学革命的初期，提倡拿旧时白话文学中的几部长篇小说列为学校课程中的文学教材，那是一种反抗的表示，在当时确是需要的；不过，将来如其有一天，新文学中的浪漫体的诗歌、小说、戏剧、散文能以正式的建设起来，这种过渡的办法却要取消，中学课程内的文学教材要整体的采取自新文学，而旧时的长篇小说要让它们专隶于大学内中国文学系的课程。与其让中学生读《水浒》《红楼梦》，还不如让他们讲西方的浪漫体文学的中译本，国语的，例如胡氏所赏识的《侠隐记》。）

浪漫体的文学，虽是受尽了指摘，然而它的教育的价值既是那样的重大，在现今的中国更是这样迫切的需要，我们这班现代的中国人能不，斟酌情势的，竭力去提倡、创造么？浪漫体的文学诚然是多感的（Sentimental），不过少年时代也正是多感的；多感如其被视为一种病态，正该拿浪漫体文学的这种文学，大黄一样，将少年时代中内蕴着的多感宣解，尽量的宣解出来。浪漫体的文学诚然是夸大的，不过夸大狂也正是少年时代，外体与内心猛烈的在发展着的时代，所有的一种必然现象；只能因势利导，火上浇油，不能阻抑，迎头泼水，因为少年时代所必有的夸大狂如其不能得到满足、宣解，体与心的发展便不能是充分的。

少年文学中也产生了一些伟大的作者，司考特（Scott）便是一个最好的例。尽管去指摘他的小说的史、地的布景是不符实情，个性描写是单薄，一般的文学批评者仍旧是万口一声的公认他为一个伟大的小说家；至于他写出，遗下了许多的浪漫体小说，来满足着自古至今，以及未来的英国，他国内一般少年的浪漫性，我们更能以说得，他同时也是一个未加冠冕的伟大的教育家。

在新文学的现状之内，儿童文学只是在鸭子式的蹒跚着前进，少年文学，与一把茅柴相仿，而尽于创造社的消灭。诚然，在这十五年以内，也产生了有一些优越的文学作品，不过它们只是成人的读物……我们是如此的焦候着一个安徒生，一个司考特的出现啊！哥德（Goethe），巴尔札克（Balzac），萧伯纳如其能以诞生于新文学的疆域之内，那当然是新文学的光荣、祈祷；一个伟大的儿童文学作家，一个伟大的浪漫体文学作家的产生，那不单是新文学的光荣、祈祷，它并且是将来的中国的一柱"社会栋梁"呢！

选自《文学闲谈》，上海北新书局 1934 年出版

诗的产生

不曾作过诗的人，那里能够知道诗是怎样作出来的呢？因此，讲诗的产生，免不了是自白。如今既是现在讲诗是怎样产生的，所以便拿我的一首诗来作证。这首诗叫《恳求》：是我在十五年秋天再回到清华读书那时候作的；原文如下：

> 天河明亮在杨柳梢头，
> 隔断了相思的织女牵牛：
> 不料我们聚首，
> 女郎呀你还要含羞——
> 好，你且含羞；
> 一旦，我俩间也隔起河流，
> 那时候，
> 你要重逢也无由！
>
> 你不能怪我热情沸腾，
> 只能怪你自家生得迷人；
> 你的温柔口吻，
> 女郎呀，可以让风亲，
> 树影往来亲，

惟独在我挨上前的时辰，……
低声问，
你偏是摇手频频。

马缨在夏夜正芬芳，
它的浓郁有如汗渍肌香：
连月姊都心痒，
女郎呀，你看她疾翔，
向情人疾翔——
谁料你还不如月里孤媚，
今晚上
你竟将归去空房！

    这首诗的感兴是得于一个傍晚。李白说的"我觉秋兴逸，谁云秋兴悲"正可以拿来形容当时的气候。我与一个同学在小山上散步并闲谈；我们在一个藤萝之棚下停住脚步，望着杨柳梢头的一勾新月。藤萝的以及棚条的淡影映在身上与脸上，我自视时，起了一种含有奇异的感觉。我便自思，这身旁的伴侣如若是一个我所钟爱的女子，这时的情境真要成为十分清丽了！我的这个同学——希望他不要见怪！——相貌长得并不漂亮；我并不是那个爱上了一个男性贵族的王尔德——那时候清华也还不曾向女性的同学开放；不然，我当然要说出一些什么样的话来，那只有天知道！实情是，我当时想象着这站在身边的是我所极爱的女子，一个同我一般年纪，一种性格，同我一样羞涩不多说话的女子，（当时我已经是丈夫并且是父亲了，罪过，罪过！）我想象着向了这个女子，在这种境地之内，要说一些什么样的话。在心头拥抱起了这个甜美的感兴，我便回房去创作我的诗。

    我自从十二年的冬天，赌气离开了清华，在社会上浪游了两年半，到此刻又回校，精神随着肉体的舒适而平定下来了。我到了安心来作诗的时候了。两年来作了许多诗，特别注重的是音节；因为在旧诗中，词是最讲究音节的，所以我对于词，颇下了一番体悟的功夫。词的外形，据我看来，是有一种节律的图案的：每篇词的上阕确定了本词的图案之方式，下阕中仍然复用这方式，（参差的细微处只是例外。）这种复杂的图案在词中（一气呵成的小令除外）可以说是发展到了一种极高的地位。在西诗内，就我所读过的，只有夏恬（Shelley）的《夜》，那首以

Swiftly walk over the western wave

一行开始的"夜"，才可以比得上词的这种复杂的图案，不过词虽创造了一些最美妙的音节之图案，后人按了平仄来填出一些赝品，那就使人起了反感。我主张，新诗内努力于创造新腔的人，应该拿词的原本的精神来作基础，而深恶痛绝摹仿者的按谱填字。我便是根据了这种主张来决定了《恳求》一诗的模型。

复用行是诗歌音节之化合中的一种原质；普通，这种复用行是位置于诗章之末的。常见的这样来运用它：未免落套了。我在这首诗内，拿它位置在每诗章的中间。并且我所创造的复用，与其说是字眼上的，还不如说是结构上的。

中国诗的音律学颇有类似法国之处。他们把音同字异的尾韵相协叫作"富韵"（Rimeriehe）；他们本国唯一的史诗，《霍朗之歌》（Chanson de Roiand）便是每诗章用的一个富韵。这种韵在中文内是最丰富的，所以古代的诗人，在运用尾韵的时候，便遵循了这种文字上的特象所指示出的途径而进行，诗是通篇一韵，词也一样，曲是一折一韵。我虽然作的是新诗，作诗时所用的却依然是那有千年以至数千年之背景的中文文字，古代音律学的影响，（用古韵除外），我相信，新诗是逃避不了并且也不可逃避的。那科学的法国文艺批评家田纳（Taine）不是把文献列作了那产生文艺的三大势力之一吗，便是为了这个缘故，我决定了在《恳求》的整篇内只用一个尾韵。

平仄也是中文音律学中的一种特象，不可忽视或抛置。古代的诗词作家曾经创造出来许多优美的音节之图案，这是后人所应当充分欣赏，极端敬仰，并且因之鼓舞前进而努力于新的同等优美的创造的——填诗，填词这一类的行为我们应该深恶痛绝。新诗的读法异于旧诗，所以旧时平仄的律法不能应用到新诗的上面：新诗作者应当自家去创造平仄的律法。（记得从前有人否议我那《采莲曲》中的"荷花呀人样娇娆"一行的平仄，我只是暗笑：这行诗明显的分成了两截，与辞赋中的"兮"字行一样，这一位如若是读过《九歌》的，他一定可以极随便的在《湘夫人》内发见"朝驰余马兮江皋""灵之来兮

如云"等行，在《山鬼》内发见"东风飘兮神灵雨""留灵修兮儋忘归"等行。退一步讲，苏轼的《夜泛西湖》绝句中的"菰蒲无边水茫茫"一行，是出于一个精细的技术者之手，且是见于格律最严的七绝之中，这又该怎样解答呢？新诗内平仄的律法是要新诗作者自家去规定的；旧诗以及西诗的音律学可以拿来作参考，至于律法的创造，决不能用摹仿来搪塞。平仄是新诗所有的一种珍贵的遗产，且看新诗作者在将来是怎样的去利用它。

平仄的一种利用是在尾韵之上。词中的"西江月"是一个例子。不过这种的利用在旧诗内并不曾把长处充分的发展出来。我在这一方面，颇为努力了一番。就拿《恳求》来讲，每诗章的第三行都是用本韵的上声字协韵，每诗章的倒数第二行都是用本韵的去声字协韵：仄声韵的运用，是为了要复杂化诗章的节奏；去声韵的运用，是为了要在上声韵之后，逼紧一步，使得情绪紧张起来。每诗章之末，用平声韵来煞尾，是想着凭了弛缓的音韵来暗示出恳求后得不到答应的那时候心绪的降堕。

《恳求》一诗的时间之背景是一个夏夜，这与我得到本诗之感兴的实际的时间，一个秋夜，是迥乎不同了——这便是作者在那想着增进诗之效力的时候所能有的自由。那么，何以在这首诗里面，时间之背景是宜于夏夜呢？恋爱本是一种最热烈的情绪，何况求恋，向一个羞涩少言的女子求恋，更何况求恋者是一个少年？除了夏夜，那两个热火之间的夏夜，实在是不能找到一个更合的时间之背景了。春之昼是生长，茂盛；秋之昼是结实；夏夜却是喘息于恋爱之火后，期望着成熟与结实的那期间的象征。

本诗首章的时间是薄暮，所以天河与双星明亮着；末章的时间是深夜，所以看见月亮向西天疾翔。可怜者的恳求者呵，他申诉过这么长的时间了！那女子还是怜悯他而应允了呢，或是保持着缄默而竟于"归去空房"了呢？

旧历的巧日离夏天不远，恳求者见景生情，借了牵牛与织女的传说，用良机别离种种警喻的话来打动这个女子；嫦娥抛弃了热刺刺的人世，去清冷的月宫中度那超乎凡人之寿限的类乎月之冰山的长生，这恳求者想象她到如今已经过厌了这种生活了，这也是借以讽喻这女子的，他看见月过中天，更进一层的来想象这是嫦娥赶到西方去会晤她的情人：牛郎与织女只能一年会合一次，嫦娥却是每晚去与情人幽会了。这是能够增进情境之紧凑的。

一片林地是本诗的地点之背景。马缨花清华是有，而却不在我当时所驻立的小山上；并且当时已是秋天，马缨花久已谢了。我写诗之时，是想着北京（如今是北平）城内那红墙侧的一些马缨树：以及它们随了夏暮之来临而吐出的气息。这气息活像是发自肌肉的；在夏天，在恳求与爱求的那热烈的关头，由肌肉上发出了气息来，那是极自然的现象。（记得我在芝加哥的时候，有一个夏暮，去游公园，在绿荫深处，无意的散步过一双情侣的头前；那女子所发出的肌息，与美国梨的嗅味毫无分别。）

　　总之，一首诗的产生是要经历一番复杂之过程的。形成这首诗的要素有作者的诗歌上的主张与天赋，（情诗有人根本上就不会写，或是不主张写；白恩士（Burns）的 Mary morrison 或夏悝的 Indian serenade 也大异于白朗宁（Ronert Browning）的 The last ride together 有作者当时的心境，（譬如说，我现在就不会再作《恳求》这一类的诗，我如今所爱读的情诗便是 The last ride together 的这一类。）有措置题材的方法。（本诗中将实际的秋夜易为艺术的夏夜，引入实际所无的马缨花，并且利用古代的传说。）田纳说过，文艺是由三种势力形成的。它们是宣传，环境，文献。

　　　　　　　　　　　选自《文学闲谈》，上海北新书局 1934 年出版

说推敲

推敲这词语的来源，大家都知道：终于贾岛选定了"敲"字，是因为它来得响亮些。

响亮些固然是不错的；不过，据我看来，还有一层旁的，更重要的理由，那便是，

僧敲月下门

这一句诗的意境，因为一个"敲"字的缘故，丰富了许多。

"僧推月下门"，这不过是一个僧人回寺迟了，在夜月之下推着山门，正要进去庙里：很平凡的一件事，那值得一个诗人去写成一句诗呢？……如其这诗人是《水浒》内的海阇黎，他所推的门并不是寺庙的，那或许还有一点小说的兴趣。

至于"僧敲月下门"一句诗，我们却能因之以推测，这僧人确是回寺很迟了，连庙里的人都以为他今夜是不回来了的，将庙门关了起来；并且，庙宇是最肃静的地方，已迟的月夜又是最肃静的时候，忽然来了这一片敲门的声音，又是一个习静的人所来发动的：这各种的联想，它们都是由了"敲"这一个字而引起来的——文字正是要富于联想。

"敲"这个字不仅在发音上来得响亮些，它所引起的联想也是一片敲破寂静的响亮。

　　还有一层，"推"字并不能使这句诗在读者的情绪上引起任何的反应；"敲"字之中则充满了期待，置读者于此僧人的当时的地位上，同了他，在已深的月夜，等候着庙门的开放，在一片搅动了他的自尊心的，余音仍然波动于月景之内的敲门声里。

原载 1933 年 3 月 5 日《申报·自由谈》

访人

  《官场现形记》里所说的，候差委的人去见上司，要预备下一笔门包的费用，否则，连见面的希望都没有；这种情形，不知道现在还遗存于官场之内否，因为我不曾作过官。一班的访会者，俭省的，只须在传达处递入五厘钱，一张名片的费用，便只索取这五厘钱——无益于传达处，正与纸钱锡泊一样。

  访会最好是在事先约定时间，否则在名片去了，主人来了之间，必有一番等候——有的时候，即使是时间已经约定了，这一番的等候还是不免的。所以，我向一班访会者建议，名片之外，随身不要忘了带一本书，《翟斯特斐尔德信牍集》（Loaid Chesterfield's Letters）最好。切不可带那种看来这主人是不会喜欢的书，《尝试集》，如主人是旧派，《圣经》，如主人是新派，《托洛兹基自传》，如主人是"国民党"，《三民主义》，如主人是"国家主义派"；主人如其自己便是一个作家，那便再好不过了

  主人来了。他如其用手一挥，敬你的烟，你最好是撒一个白谎，说不会，即使几上是放着精雅的烟盒，或是"大炮台"的烟罐。熟人是会去自取烟卷的；生客，如其愚蠢，会在"大炮台"的烟罐内取出了一支"大英牌"。烟卷如其亲手的递到了你的面前，这时便要相机处置了：如其主人知道你是抽烟的，为了礼貌，你便不得不抽，即使是大英牌；如其，不幸，他并不知道，你便可以也撒一个白谎，说不会，……却不能忘记了说一声，多谢。

  访会的时候，表是不能不带的，不过，当了主人的面，你决不能去看它。坐得时间太短，又怕主人臆怿；坐得时间太长，变相的逐客令又会使得你难

堪。啊，访会时的痛苦，去留的问题！

端茶送客，这是古礼，在新潮流的现代，古礼是废除了，变相的逐客令是如何的下法，这便要看主人的聪明了。不说话，看时针，讨论气象；问来客的住址；等等。包车夫可以进来领工钱；至于门房，在这一点上，更是一个层出不穷的智囊。

于是你便出来了……赶快燃一支烟卷吧。抽烟的时候，你可以自慰：还好，主人并没有"不在家"。

原载 1933 年 3 月 5 日《申报·自由谈》

海外寄霓君

（90 封选 19）

一

霓妹，我的爱妻：

　　你从般若庵十二月初五写的"第一封"信我收到了。我后天就要搬家，你的信可以寄到憩轩四兄第一次替你打的信封那里。我在芝加哥城里过得好些，身体也好，望你不要记挂。我到今天总共收到你八封信。你信内并不曾提到岳母大人同憩轩四兄的病，想必是都好了。你的奶水不够，务必要请奶妈子。照我如今这般寄钱，是很够请奶妈子的，千万不要省这几块钱。小东身体已经不好，如若小时不吃够奶，一定要短命，那时我决定不依你，小沅你是不用我说就会当心的，所以我也不多讲。罗先生倒是很帮忙，不过那取衣的钱一定要还他。不知你已还给他了没有。千万记得还他。你很可以多寄些鱼肉给他，不过千万告诉他不要叫厨房作，怕的好鱼好肉给厨房赚下去了。你还告诉他，我从前在清华同他，同彭光钦先生，还同些别的同学，一同吃罗胖子先生从湘潭寄的鱼肉。我当时曾经答应了由家中寄些鱼肉给他们再吃一次，你可以多寄些，由他替我请他们罢。我这里只好等今年冬天再看寄不寄罢。如今已是春天，你寄时路上怕会坏了，不值得。并且东西寄到美国后，要抽我很重的税，那时东西不曾吃到，倒要赔钱，那才不上算呢。不过夏天罗先生来美国的时候，他到上海以后，我可以托他在泰丰买些罐头带给我。如若上海没有菌子罐头，你可以寄三四个罐头菌子到上海交他带给我，不能再多，再多他就带不了，并且太多时怕人查出来。那要罚很多的钱。我新近译好了一本外国诗，寄到上海，可以先拿四五十块现钱，我叫他们直接寄到般若庵八号朱小沅，大概阳历三月底你可以收到。我这几个月因为搬了两次家，省而又省，只省得二十块美金来，阳历三月初寄给你，阳历四月半你可以收到。连着稿费也有九十块中国钱了。以后希望每月能省十五块美金寄给你，我这样省，恐怕书都买不了什么。我来美国许久，电影同戏一次也不曾看过。等一年之后，你进了学堂，我或者可以多买些书，偶尔添点衣裳。像现今这样，是决定不成的。不过这我一点也不埋怨。我书尽有的看，因为芝加哥大学的图书馆极大，要看什么书，就有什么书。我的霓妹妹替我带着一男一女，我每月至少总要有中国钱三十块寄给她，才放心。

大沅二月六日第一封

芝加哥是美国第二个大城，生活程度极高，我从前已经告诉过你了。我来这里，因为最近，车费自己出的，还出得起，并且芝加哥大学极好。

五

我爱的霓妹：

昨晚作了一个梦，梦到你，哭醒了。醒过来之后，大哭了一场。不过不能高声痛快的哭一场，只能抽抽噎噎的，让眼泪直流到枕衣上，鼻涕梗在鼻孔里面。今天是礼拜，我看书看得眼睛都痛了，半是因为昨夜哭过的原故，今天有太阳，这在芝加哥算是好天气了。天上虽然没有云，不过薄薄的好像蒙上了一层灰：看来凄惨的很。正对着我的这间房（在二层楼上）从窗子中间看见一所灰色的房子，这是学校的，一点声音也听不见，好像死人一般。房子前面是一块空地基，上面乱堆着些陈旧的木板。我看着这所房，这片地，心里说不出的恨它们。我如今简直像住在监牢里面，没有一个人说一句知心的话。有时看见一双父母带着子女从窗下路上走过去：这是礼拜日，父亲母亲工厂内都放了工，所以他们带了儿子女儿出门散步。我看见他们，真是说不出的羡慕。我如今说起来很好听，是一个留学生，可是想像工人一样享一点家庭的福都不能够，这是多么可怜又多么可恨。我写到这里，就忽的想起你当时又黄又瘦的面貌来，眼眶里又酸了一下。只要在中国活得了命，我又何至于抛了妻子儿女来外国受这种活牢的罪呢。霓君，我的好妹妹，我从前的脾气实在不好，我知道有许多次是我得罪了你，你千忍万忍忍不住了，才同我吵闹的。不过我的情形你应该也明白。我实在是在外面受了许多的气，并且那时一屁股的欠债，又要筹款出洋，我实在是不知怎样办法是好。我想你总可以饶恕我罢？这次回家之后，我想一定可以过的十分美满，比从前更好。写这行的时候，听到一个摇篮里的小孩在门外面哭，这是同居的一家新添的孩子，我不知何故，听到他的哭声，心中恨他，恨他不是小沅小东，让我听了。我又想到你的温柔，你对我的千情万意，分开了，不能见面，不能立刻见面，说一句知心话，彼此温存一下，像从前在京城旅馆内初见面时那样温存一下。你还记得当时你是怎样吗？我靠在你身旁坐下，你身上面上的一股热气直扑到我的脸上（我想我当时的热气也一定扑到了你的脸上）。我当时心里说不出的痒痒。后来我要摸你的手，我偷偷的摸到握住，你羞怯怯的好像新娘子一样，我当时真是说不出的快活。天哪，天哪，但望两三年后，夫妻都好，再能尝尝那种爱情的美味罢。

沅 三月四日第五封

九

霓妹亲爱：

接到你正月廿晚的信说，有十天没有接到信，到电影院看电影看得很伤心。那些信纸上面有许多红印子，那自然是你流的眼泪了，我极其难受。亲爱的妹妹，我不曾害病，外面我少出门，汽车等等危险也没遇到，你放心罢。那时我刚从亚坡屯到芝加哥来，忙了一阵，所以十天你不曾接到我的信。这封信是第九封。九封以前，我曾经从芝加哥写过阳历一月六日、十五日、廿一日、卅一日，四封信给你。二月六日起，是第一封。所以我到芝加哥以后，总共写过十三封信给你，平均常是六天一封。不知你都收到了没有。你作梦梦见我很瘦，你不忍心，可见你对我的心肠极好，我听到了是多么快活高兴。我们的爱情是天长地久，只要把这三年过了，便是夫妻团圆，儿女齐前，那是多么快活的事情。能够早回，一定早归。外国实在不如我们在一起时那么有味；举目无亲，闷时只有看书。身体还好，倒免得你记挂。我自然要考到了一个名气再回国，不然落人耻笑，也混不了饭吃。外国照相贵的不得了，但是我总要照一次，大概等三个月，阳历六月总可以照好寄给你。芝加哥大学与别的学堂不同。别的学堂都是一年分两学期，另有暑假，芝加哥大学是一年分作四学季，夏天也算一学季，用功的学生夏天也可以念书，这样多念功课，可以早些毕业。我的身体如若不坏，夏天我是照常上课，那样我在明年阳历八月底便可毕业得学士。得了学士以后，念三季的书，便得硕士，那就是后年阳历六月半。考到硕士以后，考不考博士呢？那就临时再讲罢。考博士要大后年阳历1931年（就是辛未年）年底才能回国。这是说加工读书，暑假都不停的话。如若身体受不住这番苦工，或是我们分离过久，彼此想得太厉害，那时候我恐怕考完硕士，由欧洲经过英国、法国、意大利等等回中国。从前说的两年得博士，那是笑话，因为初来美国，情形不明白；如今知道，是决办不到的。无论何人来美国，都是四五年才考到博士，有的学医，简直要八年。如今春天了，常常出太阳，心里觉得爽快许多。从前来芝加哥是冬天，阴沉沉的，实在不舒服。我翻译了两首中国诗，登在芝加哥大学学生出的《凤凰杂志》上，想必你听到了快活，所以我特别告诉你。熟人请我去了博物馆，那房子不用说是很大，里面都是些动物的标本模型，有一架鲸鱼头的骨头总有一丈长，那整个鲸鱼活的时候至少总有四丈长。你还记得我们从天津到上海的船上看见的鲸鱼吗？我这次在太平洋上作了一首诗，里面有几句是这样：

> 我要乘船舶高航，
> 在这汪洋：
> 看浪花丛簇，
> 似白鸥升没，
> 看波澜似龙脊低昂，
> 还有鲸雏
> 戏洪涛跳掷颠狂。

这里面末了两句你看见了一定还记得当时的情景。博物馆中狮子老虎自然是有的，还有一架骨头，颈子特别长，与身子高一般，总共算起来，从头到脚至少有一丈。这兽在外国叫"吉拉伏"，如今已是绝种了，就是我们中国说的麒麟。吉拉伏性子是很温和的，它那么长的颈子是用来伸到树上吃树叶子的。我们中国说麒麟不吃肉，光吃草叶，正是一样。还有一个怪兽，（这是标本，同活的一般，便是活的拿药水作出，再也不会烂。）这兽很像熊，有狗那么大，最奇怪的是它的嘴，有一两尺长，像一柄锥子一样。这东西名叫"食蚁兽"，那细而长的嘴，就是用来伸进蚂蚁洞中去吃蚂蚁的。蚂蚁那么小的东西居然把它养得同狗一样大，你看这奇怪不？还有许多鸟，挂在玻璃窗橱之内，那橱总有一丈宽一丈高，五尺深。有的拿真的树作成树林，背后两边再画一张假树林加了天罗山罗，鸟儿有的歇在枝上，有的飞在空中。水鸟的窗橱是用真水作出一个池塘，有真水草，背后两边也有一张画的风景。鸟儿有的站在水里，有的藏在草中。你看这是多么巧妙。博物馆中也有中国东西，不过不算很多，最有趣的是把中国的宝塔作出些五尺高的模型来，下面注明这是什么城的。这博物馆下次我再去的时候问问他们有照片没有，如有我买了寄给你。你绣给我的相架我把我们同在北京照的那张相剪下你的相来，用这种信纸剪出一个蛋形的洞，把纸套在相上插进架中，今天早上被管家婆看见了，她希奇的不得了，说你长得美丽之至，花也绣得美丽之至。我告诉她这是中国绣花的一种，那是你的，那是我的名字。她问是谁绣的，我说是我的太太；她又问那相是谁，我也说是我的太太。

沅　三月廿四日第九封

一二

我亲爱的霓妹妹：

　　接三月十二日信，看完之后，说不出的难受。你如今听说很忙，这又何必呢？我不是每月要寄四十块中国钱给你吗？只怪我不该半路来芝加哥，隔了多时不能寄钱给你，出洋时衣服不曾作够，到这里又作了衣服。不妙上加不妙，赵先生又退出了开明书店，我寄去的两本书又不知稿费拿出来了没有，寄给你了没有。这些至少有一半要怪我自己。霓妹妹，是我连累得如此劳苦，请你饶恕了我这一回罢。两礼拜后，我月费就到，这次寄给你三十美金，以后每两个月寄一次，决不管别的事，别的事就是天大我也不管。总要准期寄给你，一个不少，省得你为我这般辛苦。如今忙得你要晚上一点钟不睡觉，匀出睡觉的时候来写信，这封信教我收到看见时那能不伤心呢？以后我准期寄钱给你，那时你就千万不要劳工了。你如今添了两个孩子，身体已经不如当初，你千万要保重呀。人生在世，只图够活就好了。何必多操心劳神，自己短寿，挣些无用的钱财呢。小孩子小时奶吃够了，大时饭吃够了，受了好教育，能够自立，那时我们作父母的便可放心了。我这几个月一心指望两本书的稿费寄给你，又不知情形如何，我实在十分不放心。好在半个月后我就能照常寄钱给。上面是十七号接到你三月十二号信时候写的。我很高兴，再等十天便能寄钱给你了。总之你早一天不为家用操心劳力，我便早一天放心。刚才洗脸，忽然想起你写"告诉"两个字，因为我从前向你说过，不是说过，就是你看见我写作"告愬"，所以你也写作"告愬"，这可见得你十分细心。因为你爱我，所以我的话你都留心听下去了。并且可以见得你很聪明，很有悟性。你看，你一到湖南，便把湖南话学会；一进学堂，成绩便好得很。要不是你的悟性大，怎能如此呢。我如今过得越久，便越觉得你好。我前两天想，唉，要是我快点过了这几年，到霓妹妹身边，晚上捱着她睡下，沾她一点热气，低低说些情话，拿一只臂膀围起她那腰身，我就心满意足了。别的我还想起一件事情，就是我近来看书，知道高跟鞋是有伤身体的，年纪轻时还不觉得，年纪一老，背骨便要酸痛的不得了。到那时候，你受苦，我想少年时我不曾劝你不穿，我心里也要难受。要是怕人说你不穿高跟鞋不时髦，那拿自己身体去拼，也不犯着。外国人好处我们尽管采用，他们的毛病我们却不必学。将来你作衣，我是十分赞成。不过穿高跟鞋，我却一定不答应，因为是为了你自己老年时的好处。你信中学我写"告愬"两字，（我如今照旧写"告诉"了。因为大家都这样，也不犯着。）可见我的话你是很相信了。我如今劝你不穿高跟鞋，你也相信我罢。罗先生很久以前来信说到取戒指，说当票上写作民国十五年，那明是十六年的事情，当铺人作了鬼，只好上两块钱当取回罢。如今想必你早已收到了。七妹的衣想必你也收到。罗先生穷得很，上次来信都向我借钱，我都答应了。不过我为要立刻寄钱给你，又改变了主意。我实在对他不起。他替我在清华还的钱我只好每月在我自己用项内省两块钱，等年底还他。（于寄你的钱毫无妨碍，请你放心。）你想托他在北京买东西送万府上令妹，我极赞成，不过钱你可以寄给他。你送了他鱼肉，我听到很高兴；我们结了婚的人对于他们这些单身汉实在应当多怜惜些。将来他回国以后，他的婚事我们要竭力帮忙才对。

沅　四月廿一日第十三封

一六

我最亲爱的霓妹妹：

　　你四月二号信，我已收到。果然不出我所料，你是害了病，这病看是操劳过度，忧愁过度，我说不出的伤心。我决定把功课快些念完，明年阳历八月底大学毕业，得一学士便回家。因为我不忍心让你一人在家操心劳力；万一因此害了一场大病，我心中怎么过得去！并且大学里得了学士，饭总不愁了。只要我们夫妻爱情浓厚，别的名利一切我们也可以看轻些。博士也未尝不可以考；但是离现在还要三年半多，这三四年让你一人在家操劳，万一有一长两短，那我终身多要恨我自己了。我如今觉得，我们结婚来的几年，我对你不起的地方很不少。我想赶紧回家补救以往的过错，教你知道，许多年来你因为我受苦含辛，我是百分感激，敬爱的。想到你这次害病，我不禁流了很多的眼泪。我想你这次忽然晕倒在地上，万一有个一长两短，你心里不要有点埋怨我吗？那我在这几十年中不是要日日伤心，朝朝流泪吗？就说我要终身不另娶妻，但万里之外我不能飞到你面前去再见一面，这是多么伤心！过得越久，我越多看见你的好处。你对我的浓情蜜爱，你一种只顾夫君只顾子女不顾自己的精神，我如今看来，教我替你作奴隶我多不够资格，何况我居然能得你称呼我作亲哥哥，居然能抱在你怀中，这我是多大福气！我最亲最爱世界上更无第二个的霓妹妹，我最敬重的爱妻，你信里说："哥哥那里去了？哥哥那里去了？我可同去否？我可同行么？又想我是无学问，不能同行，恐终身为此坠落，何等痛苦！"我刚才看到这里，眼泪忍不住淌了下来。由此看，可见你对我之爱情是怎样怎样深，你只记我的好处，你自己的过人之处，别人再也赶不上你的地方，你却一点也不提。最亲的霓妹妹，我如今凭了最深的良心告诉你，你有爱情，你对我有最深最厚的爱情，这爱情就是无价之宝。你居然把它给了我，我便已经十分福气了。我对你只要爱情，不要别的。那斑白胡须的老先生学问最好，我假如要学问，我去找那些老头子好了。我自己也有学问，很够用了。我为什么还要学问呢？我只要爱情！假的我不要，我单要真的爱情。我的亲妹妹，你居然把你千真万真的爱情给我了，这我是多么的福气啊！你如今想必知道了，男子汉实在不如女子。因为男子汉有时心野，我以前之事，就请你当作是我嫖了一次婊子一样，请你大量饶恕了我，你肯不肯呢？我把我这颗心献给你，请你收下，你肯不肯呢？你对我这样，我怎样还忍心疑心你？罗先生处我不过是怕你钱迟一点寄，他是穷的，教他为难不方便。我决无别意，请你放心。我这一片意思你在以前各信之内想必也看得出，不过我再在此处多说一句，省得你记挂。你寄鱼肉给他，是很明理的，他从前帮了我们许多忙，并且我记得我以前曾经写过信给你，教你寄鱼肉给他。你抄了那许多的信给我，真是犯不着。假如你拿那些力量，多写一封信给我，那多好呀！哈哈，我又把你那封信看了一遍，（这不是第五遍，就是第六遍。）你说到后来，怕我不放心，特意写一句"哈哈一笑"这可见你对我是多么体贴细心。我亲滴滴的爱人呀，让我明年秋天回家时候，着实感谢你一番罢。你懂得我是什么意思吗？哈哈，昨天我想起来，小沅小东叫你妈妈的时候，你心中不知是怎样一个味道。很想早早回家去，看你那时候是个什么模样，（如今你病已好了，小东务必要回来雇奶妈带。）我这几天又十分想你。……我在外国天天喝牛奶，（中国牛奶不干净。外国制过了，卫生。）所以身体很好，我很想早日回家。

永久是你的亲爱，沅　五月九日第十七封

我并不要你进学堂，你带着小沅小东好了。

湘绣千万不要寄，因为到我这里以后，要抽很重的税。

一九

我最亲最爱的霓妹妹：

我把你这封信又看了一遍，有四个字，我这次看时特别留起神来，那就是你说你"昏昏沉沉"。你这封信是半夜写的，说不定是精神不好了。也说不定是你先哭了一场，所以头脑发涨。我想你的时候，哭起来，总觉得头胀得多大，眼睛也难受；看书，总有一两天眼痛。你近来又忧愁，又操劳，身体一定大不如前了。好妹妹，我千求你，万求你，一从今天起，以后再也不要多劳了罢。你喜欢作事，这自然是很好，不过把自己太劳累了，惹得你的沅哥哥沅弟弟心中不安，那想必你是一定不愿意罢。我如今身体很好，一点没有瘦。你也要爱惜千金身子才对呀。你可知道，娘从前就是过于操劳，去世太早。霓妹，你千万不要再多劳了，免得我后来伤心。我自己怨我害了你。现在让我们两个商量定妥。你也保重自家身子，我也保重自家身子，将来见面之时，我们这一对夫妻面对面的哈哈一笑，那是多么有味哟。现在我有一个好消息告诉你，就是这所房子，好像北京公寓一样，租住的房客很多。里面另有两个中国人共住一间房，这间住房很小，只够放两张床，不过连着住房另有一间大房也在内，这大房间里有煤油火灶可以作饭。他们两个中间有一个走了，那一个今天同我谈起，睡房中多少有点臭虫，不过我现在这间房里有时也有臭虫，只要他们房中臭虫不太多，我等几天就搬去和那张先生同住。要是搬过去，又可以多省些钱，那时每月总能省下美金三十块寄给你，你看这是多好。我们这样省几年，再邀几个朋友，尽可以开一个书店了。以上廿三日。

霓妹妹：如今树一齐都绿了，我每天下午到草地上去散步半点钟，精神很好。妹妹，最亲的妹妹，我想到几年（如考博士就是四年）之后，回家时候，见到你，那是多么有味啊。日里我出去教书，或是在家作文，吃早饭是拿腌的白菜萝葡豇豆扁豆（还有几个红辣椒）下饭，中饭是拿豆腐，红烧肉丸作菜。你在家里主持家务，那时候小沅小东都大了，我们夫妻两个教他们书。偷到了空工夫，我就坐在你身旁，揙在一起，你的热气飘到我身上来，我的热气飘到你身上去，我还握紧你的手，尽望着你，望着你，低声说些嘁嘁话，温柔话，说我怎么爱你，怎么敬你，在美国时候怎么想。到了晚上，小孩子同一家人都睡了的时候，我们一个枕头，帐子放下来了，你把头枕在我的臂膀上。唉呀，那时候那种亲热恩爱，怎么是这枝秃笔所写得出的啊。霓妹妹，我最恩爱最敬重的霓妹妹，我们耐心等着罢。

永远是你的恩爱丈夫，沅　五月廿六日第廿封

二六

霓君我最亲爱的妹妹：

我近来虽然忙点，精神却十分健旺。自己作饭，很有趣味，用的煤气，

方便得很。外国牛奶干净，我定了长期，每天八分一瓶，有我那漱口盂（就是你那长沙带到北京的）一盂还稍为多一点。我每天吃鸡蛋，三分一个。白菜是贵些，七分半一斤。肉因为不干净难洗，我只买点火肉（假火腿）吃。这里有一个好处，就是大街上（离学堂有半点钟电车）可以买到酱油、虾米、香菌等等，那是广东人开的店，比在中国自然贵得多，一瓶酱油要四角钱，别的可想而知，不过味道很好。我有一次拿葱用酱油炒火肉，香得很，我吃得很快活。女房东说我会作菜，味道作得很香。其实呢，就是那酱油虾米的香味，我何尝会作菜呢？我吃面包，因为煮饭费事，并且饭不如面食补。妹妹，到了阳历十月时候你不妨少寄点腌鱼腊肉八豆给我，看他到底要抽多少税。少寄一点，要是抽税还不很多，以后还能寄的。阳历九月听说还热，你阳历十月底寄罢。再迟些也不要紧，因为这面春天来得很晚。妹妹，我很快活，因为我从此能够多寄钱给你。妹妹，我们初结婚的时候，我不知人世艰难，预先说能赚多少钱一个月，到后来一场空，到惹得旁人疑心。所以我临出洋时候，不敢说定每月能寄多少钱给你，怕到了美国以后，万一寄不了那么多，你不是要疑心我吗？那时候你应该是十分心中难受，因为我既不在你身边，你又疑心我在外荒唐，不顾你。我如今知道一定能寄多少钱给你了，所以当时告诉你，让你也高兴高兴。今年这个夏天，这面下了很多雨，凉爽之至，据说好多年来都没有这样。你把戒指换了，我听得心中难受，这都是我不能寄钱回家的过错。你说小沅过三周岁（照算是四岁）时候，说得我真动心，可见你一心一意对着我，无论什么时候都想起我来。古人说得很对："自伯之东，首如飞蓬；岂无膏沐，谁适为容？"意思是说："自从我夫君去了东方，我头发乱得同稻草一样。难道我没有生发膏搽头发，没有水洗吗？不是的——只是一样：我夫君出门了，我何必打扮，我打扮给那个看呢？"霓妹妹，你在小沅生日，那么热闹的时候，你还是想着我，我这是多么中心感谢你啊。岳母大人近来身体忽然好了，这真是天大的喜信。不过你还是住在长沙好。如今用费并不愁了，何必再打扰亲戚呢。我并不要你进学堂了，因为现在一切不愁了。你好好教教小沅小东东，我就放心。这个你也早知道了，不用我说，算我多嘴罢。说得很久了，下次再谈。四天后寄钱。

你一心一意想着的，沅　六月廿九日第廿七封

三二

最亲的妹妹：

我接到了你寄来的药。我又高兴，又好笑。高兴的你在三万里外常常记着我的身体，不怕费事，寄药给我。好笑的是这些药并用不着，因为我精神很好，不会害病；就是万一有点不好过，学堂里也有现成的七层楼大医院，不用我自己出钱。无论如何，这是表我妹妹的一片心，所以我接到的时候，十分快活。神曲茶是不是越老越好？几年之后，我再带回家去，那时候茶也很陈了。妹妹，我以前教你替作夏布衣裳，现在越想越反悔。我通共只能寄六十块钱给你，还要你替我作衣，这我真是大不该。既然作了，也无法。别的衣裳千万不要再作了，省得我心中难过。今天是阳历八月二号，再过一个月我就能寄一百块中国钱，那时候你收到了钱再买点菜寄给我。家乡口味，那是再好不过了。（八月二日）

我记得七月底写了第卅三封给你，不曾登记号数，不知是不是。如若是，那这就是第卅四封了。妹妹我要说句笑话。药寄来有什么用呢。我别的病不曾害，单单害了一个相思病，这古怪的相思病有药治得好吗？不，除非那粒灵丹，别种药是治不好我这怪病的。我这几天晚上每晚作梦，有一晚梦中与你会合，还有一晚梦到平地飞升上天，可惜飞得不远就醒了，不然飞回长沙去。那才有趣呢！还有十五天课这夏天就完了，阳历九月是暑假，可以歇歇。我到秋凉一定照相给你，那总在阳历九月底十月初中间。我很想看你的照相，不管她高底鞋平底鞋，你快寄给我罢，以后不要穿高底鞋好了。我希望你十月中间接到我的钱那时候，快作一双平底鞋。上海赵先生说我那两本译诗已经寄给你了，你收到了吗？要是清华罗先生想看，你可以挂号寄给他。罗先生近来同邓小姐感情很好，不过出洋问题不曾解决，还不曾谈到结婚。小沅、东东近来好吗？我想起小东没有奶妈，心就放不下去。她在胎里，已经没有吃过多少东西；所以养下来的时候，很轻，如今出了娘胎，又没奶吃，也难怪她哭了。这不比平常小孩子哭，这哭是哭的大人欺侮她，多么伤我的心。一半也怪我，一半也怪你太不把女孩子当人看了。你为我吃了很大的苦，我自然不忍心责备你。不过我想起东东没有奶吃，不免伤心。（八月三日）

小东已经找到了干娘子，很好。不过到底不如雇奶妈好。等到阳历九月寄钱起，你就雇奶妈罢。

亲夫沉　八月四日第卅四封

三七

贤慧我妻：

刚才我快活得一大跳。你不是寄来玉堂香菜一罐吗？我看外面画着两颗白菜，以为是煮白菜，没有过意看它，那知一打开，里面是我喜欢得很的京冬菜，我真说不出的快活。我如今真想家不得了。要是明年秋天找得到事作，我真想提早回家。你心思真细：玉堂香菜，香椿，我再不会想到的，你替我想到了。大褂子放长得刚好。茶叶里又寄来我喜欢的菊花。妹妹，你真钻进我心眼里去了。我应当赶快回家，上床，钻进你心眼中间去才好，哈哈。

廿七日吃晚饭时

接到厚信一封。怎么你还没有搬家呢？小东带回了，我听到极其快活。菜根香房子正对西晒，我知道了心中说不出的难过。妹妹，这都是我以前不曾寄钱给你，连累你受这大的罪，又连累小沉生疖子。求你立刻搬家，省得我心里再难受。又靠近尼庵，你常常听到钟鼓念经，心中更加难受！所以这房子你不能再住下去了。赶紧搬家，好让我放心。我住得很舒服，望不要记挂。作饭是用油烧火，一点不热人，面包买现成的吃，新鲜得很。自己只要作菜，不过半点钟就作好了。因为火腿烘肉等等都是现成的，又新鲜，又好吃，作起来最省事不过。我每天吃肉吃蛋吃牛奶，很补，你放心好了。洗白铁锅十分方便，因为不用自己作饭，所以一点不麻烦。面包很补。从前在清华我就是光吃馒头不吃饭。我这里很舒服，天气热时，每天都可以洗澡，这钱一齐在房租里算了。脸水是随便用，又有西式马桶，床上被单每两礼拜换一次，枕衣每礼拜换一次，电灯和烧饭用油都在房租里面。总共是二十美金一月。冬天还有汽炉，费用也都在内。我过得十分舒服，你千万不要记挂。小沉真调皮，也听你话，也明道理，我真说不出那高兴。东东年纪这么小就知道叫妈妈，大了一定也伶俐。我前两天寄一匣子东西给你，你都喜欢吗？以后我每隔一两个月就寄一次东西给你，热闹热闹。你心中看了欢喜，我也跟着欢喜的。画片公司寄信给你，不过是照例；他们美国作生意都是这样。你作过他一次生意，他就常常寄信寄广告给你，招徕生意，并不用回信。你要是回信，他们反来会奇怪。我上街买菜，并不是热闹街市，车子等等毫不用害怕，请你放心罢。千万千万。妹妹，你既知道人是活宝，钱是呆宝，你更应该自己保重身体才是。我就是怕你太累了，只顾省钱不顾你自己千金之体。我是很知道的，望你放心。妹妹，你心思真巧，说话真灵。你问我对于日货的意见，很好，我可以趁此将我的意思表白一番。我是极端主张爱国之人，我生也是中国人，死也是中国人。祖宗父母，儿孙男女，都是中国人。只要男女同胞大众一心努力向前，中国将来一定可以成功一个强国。日本是我们中国的世仇，他们的货品我们决不可用。我们自己的货品最结实，最可靠，从前年纪小的时候是用了它，将来年纪老了也是用它。国货是我们的命，我们要是离开国货，就是不要命，就是不能再活。所以我们决不可以离开国货。就像你寄给我的玉堂香菜同香椿，这都是纯粹国货，在外国寻遍了也寻找不出；它们味道多好，那真是不必我来说了。又像你寄给我的衣服，多么合身，多么舒服，比那些外国衣服又硬又热，中国衣裳不知要好几十倍。我个人意思，中国衣、中国菜、中国茶，是全世界上最好的菜、最美的衣、最香的茶。妹妹，你说我错了没有？疹药我也收到了。这是你一片好意寄的，我虽然一时不用，我却把它珍重收起，想必越陈越好，像酒一样，将来还是带回家去。廿八下午接信后，我一面写信，一面吃你寄的国货菜茶。你想再进学堂，这一番求学苦心，我自然极其佩服，不过你要细想一想，那怎么办得到呢。家中无人作主作头脑，那还成个什么家？这是一层。要是说写信，你如今写得很好了，何必多进学堂？这是二层。要说是谋生，我将来作事想必很够了，挣钱是男人的义务，你为妻的义务是管理家务，你管理家务一直是能干，不用进学堂。这是平常的话。万一我有时运气不好，靠卖书也够活了。所以谋生方面，决不用你担心。头两年靠省点钱一年印一两本书，这样有几本书卖着，每年总有进项。你想帮我作事，自然令我听到极其快活。将来开书店，恐怕要请你当庶务同会计，哈哈。这是三层。至于说要在文学方面多读些书，那进学校也没多大用处，不如由我托朋友常买些书或是小说或是戏曲或是诗，你常常看看，惯了也就好了。这方法请你看如何，望你告诉我。

廿八晚

你说的朋友不要多交，要交就交好的，这实在是很有道理的话。我听到极其佩服。夫妻互相勉励，互相劝导，这是极其应该的；不然，敷敷衍衍随随便便，好也不管，坏也不管，那不成为生人了吗？夫妻之间，应该有什么话就说什么话。这才是两人同心，你就是我，我就是你，合而为一，成了一个整人。好像枕边相抱，两人成了一个一样。妹妹，这封信暂且停住，等后天考完了，再多多写信罢。

霓妹爱夫，沅　八月廿九晚第卅九封

四二

我最爱的霓妹妹：

我身体很好。望千万不要记挂，倒是你自己的体气大大不如以前，务必多多保重，省得我记挂。我听说你头痛得很厉害，四肢无力，这自然是血虚了。怎么会血虚，这自然是你在菜上过于省俭，并且操劳过度。妹妹，我劝你多吃荤菜，多吃补菜，已经劝了多少次；你如其爱我，你一定不忍心不听我话。还有作事上头，我告诉你光用奶妈不够，一定还要有老妈子才成。我在美国作饭，方便得很；那比从前在北京，上海！我如今作饭，简直是同玩耍游戏一样；那像中国作饭，苦死个人。并且你不雇老妈子，亲戚朋友看见还以为是我待你不好，教你自己作饭作事。妹妹，你要是爱我，你一定不能这样，你一定要立刻雇老妈子才对。还有般若庵地址不好，常常听到木鱼钟鼓，悲惨惨的，你听到自然是加倍伤怀。并且热天那样热，我想到我们在东老胡同那种热的情形，我真是替你同两个小孩子放不下心去。你务必快找房子搬了，省得我一天到晚着急。学堂我是决不让你上了。我觉得你应当常同亲戚朋友来往，多上上公园电影院。天气不好的时候就在家打个小牌玩玩。还要定一份报看看。这样多找到些事作（可不要作苦事），再把心放宽，你那可爱的身体一定就会一天好似一天了。"心宽转少年"，你从前常拿这句话劝我，现在我已经听了你的话，你为什么劝人的人，自己倒不心宽呢？妹妹，以前那封信，我是怕你把自己身子看得太轻，把钱看得太重，所以那样说。至于两个孩子我知道你是很宝贵的。我十分知道，你省钱并不曾在孩子身上省过，你都是在你自己身上省。我们夫妻从前在一块的时候，你就是十分爱惜我，却在你自己身上省。我那封信拿钱说得很不好，正是要你把钱看轻，把自家身子看重。至于古时候人也常说"铜臭"。铜臭，不过是说钱不希奇，并无别的意思。我信里那样说，也不过劝你把钱看轻就是，并无别意。我本想明年就回家，恐怕办不到，最迟后年决定回家，你千万不要记挂就是。菜同茶叶以后隔两个月寄个一块两块钱的给我就够了。你上邮局时，务必坐车；不然，我吃的时候心也不安。小沅吃得很多饭，东东奶水很足，我听到真说不出的快活。你这样好好待小孩子，我要是再埋怨你，那真是我没有良心了。世上最亲的便是夫妻儿女，我将来回国要让你们过舒服日子，我才快活。我写信时候我最高兴，功课少念点，分数还是一样多，所以我以后还是每礼拜至少一封信寄给你。你写信越写越好，我都每封信都留起，好回家时两口子从头细看。

爱夫，沅　九月廿五日第四十四封

明年秋天找得到事情作，我就回家；找不到，我就多住一年。要是明年回国，能早日见面，你也快活，我也快活，岂不妙哉。

四六

亲爱霓姊：

你九月十一日的信写得真好。你在管家时候，样样想得周到，那时候你真是姊姊；等到我抱你在胸怀，那时候你又是妹妹了。我有时喜欢开开玩笑，你看破了，落得夫妻一对同时开一开口，这最有趣了。你自己很谦虚，这固然是好处，不过把自己的诗比作狗屁，这未免说得太重了。以后千万不要这样。妹妹——叫顺口了，错了，应该叫姊姊才是——你要知道，夫妻百事和谐最好，和谐并不是奴性服从，也不是男尊女卑，现在这种世界，是平权世界，丈夫有什么事作错了，妻子好意相劝；妻子有什么地方不曾看到，丈夫好意提醒。这叫作真平等。妹妹，姊姊，你不要把自己看得比我低。固然，男人外闯四方，有些事情女人赶不上，但是为妻的内主家务，丈夫也要低头。尤其像你待我心地慈爱，屡次含辛吃苦，更令我五体投地，又敬又爱，一片心都被你吸去了。你寄来各诗，真亏你了，尤其当中一片似海深情，更叫我说不出那么感动。小姊姊，你爱我想我，我喜欢都喜欢不尽，怎么反会怪你。

我是决不敢埋怨你的。爱姊，你近来信是越写越好，你那一片热辣辣的心都一层层翻给我看了。枕边的知心话也不如你这些信，因为枕上是夫妻恩爱时候，没有多余工夫来谈心。你寄来各封信我都好好藏起，将来带回国去，仔细温书。我今晚又拿起北京照相细看，那时候真像我们第二次结婚，想起旅馆中再见那种情景，晚上陪你看电影，你肚子痛起来，那种前前后后，末了回去一夜恩情，我真是到老也忘记不了。我在外国每天吃荤菜鸡蛋，要是你在家中吃苦，我梦中魂魄也不安宁。姊姊，好姊姊，听我话罢。我作饭连吃饭，每天只用一点半钟，就等于不作事，你不必空记挂了。我现在自己顾惜身子，不高兴就少念点书，所谓"留得青山在，那怕没柴烧"。小沅同东东你可以常常领他们上公园去呼吸新鲜空气。小孩子要多玩，要活泼；小孩子并不怕玩皮，小时候本是应该玩皮的时候。小沅用不着认字太早，我以前说的认字，作罢了罢。小东身体大概不十分好，所以性躁，以后我们要设法叫她一天身子好似一天。这一对小孩子，说来惭愧，都放在你一人肩头。霓君，我应当怎样报答你才对哟？任我怎样报答，我也是报答不尽你这一片深情苦心。老妈子一定要请，这我早已说过，这于你面子上，于我面子上都大有关系，务必要听我。我三年一定回家，这是决不会错的，请你千千万万放下心。我第一次寄给你芝加哥大学风景，不曾注明，以后寄的芝加哥全城风景，就注明了。以后我再想法买各种希奇古怪东西寄给你，好教你心里快活。我近来因为又留起头发来，免得一到学堂，人家就笑，总还要等一两个月才能全留好，留好之后决定照相寄回以慰相思。为了头发的原故，耽搁很久，这要求你饶恕。只望将来能隔每三个月就照一次照相寄给你，好让你常常看见春夏秋冬我的照相。再提到丫头同妾，我将来是决不要的。我为什么要在家中安上一些眼中钉，教你看到伤心。你待我如此好，我为什么要讨妾买丫头，教你成天到晚看到就心酸？那种活磨的罪我决不会教你受，求你千千万万放心。

爱夫，沅沅　十月十七晚第四十八封

搬家时候你可以写信告诉邮政局，说由某街某号搬到了某街某号，请他们直接转信转到新住的房子。我到芝加哥以后搬过四次家，都是这种办法。一封信也不曾遗失。本来邮政发达，掉信事情决不会有。有一个笑话，二十年以前美国有人寄信给远房亲戚，转来转去，一直到二十年以后，那明信片仍旧转到了。这是前一个月在报上看见的。你说有趣不？

五○

亲亲霓爱：

接十月七日信。罗先生皑岚是我的好朋友，以前我也常常同你提起过。我从前向你说过有一位朋友的太太想在长沙进学堂，要托你帮忙，那就是这个罗胖子先生。他同罗瘦子先生（说是懋德）我劝他们明年都到这里芝加哥大学念书，他的小说等印，要封面，你寄给他了，我听到很放心。这是他头一本书，他急着想印出来看，幸亏你早把封面寄去，不然，我们担搁他不能印书，那真对不起他了。你作事很合道理，那用向我告饶？妹妹，你上一封信挂号寄来三首五言绝句，我上信已经说到；我当时看了，又惊又喜，惊的你作诗进步真快，一日千里也不过这样；喜的是你一片深情都流露在诗句之中，我看完之后，说不出的爱敬。第一首是中秋节时候，你看到家家热闹，吃月饼吃藕吃菱角，就是你一人独自徘徊，没有亲子沅一同吃月饼吃藕吃菱角。我看到第二句"桂花满园开"，不觉一片魂灵飞去了你的身边。我自到外国以来，不曾闻过桂花香。亲妹亲妹，我回国时候一定要等过中秋那天掐许多桂花洒在你头发里面，抱着你尽闻；一面是闻的你肉香，一面是闻的桂花香。过年过节时候实在想家。古人说得好，"每逢佳节倍思亲"，亲就是亲人。妹妹，我这世上的亲人除了你同小沅小东还有谁？第二首说月有团圆，人要到何时团圆呢？这首诗，作得很好。要是当初你同我都是长沙盐道衙门里念书，你这首诗给郑老师看见了，他一定会十分夸奖的。三首诗我都喜欢，最喜欢的要算末了一首。妹妹，你这样深情对我，我当时看了，忍不住眼泪要淌下来。我反过来一想，大丈夫不该流泪，应该打起精神来作一番事业，荣耀门庭，让你同儿女面上光荣才对。所以我决定了明年起翻中国小说。我这半年很想找点工作，如洗碗之类很省事省力，不知结果如何。以后告诉你。你不搬家了也好，但是我上封信说的一层你千万记着，就是要消息灵通。万一发生意外，靠城一带最危险；你消息灵通时候，可以早早躲开。你打算进学堂我也赞成，总要两个孩子托付得人才成。你进学堂以后，可以常常活泼一点，教身子一天强似一天，精神一天旺似一天，那我就放心了。如今我最担心的就是你身子过弱，我想，进学堂以后一定好些。不过你千万不要用功过度，那就反来教我更不放心了。进学堂你第一样就是注重体育，把精神炼起。功课我看并没有什么要紧，你千万不要为了一点点分数把精神弄坏了，那我是决不依你的。

爱夫，沅　十一月十八日第五十五封

附寄《星期画报》中剪下的许多照相：一、母子照相，是照相馆登的广告。二、大学女学生打枪头名。三、德国童子大力士。四、女子坐飞机在美国已经不希奇了。前两个月有美国女子驾飞机渡过大西洋。美国如今飞机可以送信，下次我就买飞机送信邮票寄信给你，在美国这一截路都是用的飞机。五、汗衣广告。六、跳舞女戏子。七、美国书房陈设。八、女戏子卧室有床同梳妆台。九、小戏子。

五五

亲爱霓姊：

接十一月五日信，知道第四十四封信你不曾收到，我查单子这信是九月廿五寄的，想必路上掉了。我害伤风久已好了，望千万不要记挂，这是近来美国的时症，我害的很轻，所以不到多时就好了。我那首诗中讲暴雨点是指的无法谋生，你去长沙，我去北京。河水流过污泥，是指的我们过的苦日子；河水流过平沙，是指的我们过的好日子。你信中错会了我的意。我那第三段大意是说我们一对夫妻好日子也过得有，苦日子更过得多；但是好日子也罢，苦日子也罢，它们都过去了，剩下我们一对夫妻来，依旧相依为命，誓不分离，将来无论日子好苦，总要到处成双。妹妹，我由这封信看来，可见你疑心病还是很重。相思病已经难医，再加上疑心病，这教我担心？我写信回家，平均每六天就有一封，你为什么还埋怨我呢？我那有什么"别故"不能与你通信。你对我这么好，我能忍心不与你通信吗？总而言之，你还是疑心太重，惹得自己苦恼。我深知你这个脾气，所以遇到这个时候，我并不同你生气，我只当是小妹妹撒娇，在地上滚了哭了一场。不过疑心病重，自己吃苦。你何必自寻烦恼呢？一个人一天到晚闷在家中，常常会思想过度，所以从前信里面，我劝你多多玩耍，就是这个意思。爱妹，你记得不记得有一天在北京旅馆中，我们夫妻谈谈心话；你提到在长沙时候，怕我在北京这样，在北京那样，日夜不安。其实呢，我在北京一点也不曾作什么，当时我就劝你少疑心点，省得自己苦恼；你当刻觉得我说的很对。不过你说在长沙一人闷在家中思前想后，有时想得头痛，我就说这是因为一人闷住的原故。我在清华的时候也常会这样，你当时真是一个小乖乖，你听我说得在理，你就答应了以后决定要改这毛病，每天少想点，多活泼点。妹妹，你要是真肯依从我，你就应该从今天起多多出门，到游戏地方如看电影等等，一个人每天多笑三声，到老来可以多享五年寿，这是真的。我这次搬房子是图的便宜。外国般家容易，不比在中国零零碎碎真麻烦。我作饭还是在房东的厨房里，不是在自己房里，所以这每月房租十八块实在算是很便宜了。美国如今真富，连工人家里都有留声机台子，同无线电架筒，地毯不论料子高下，每家都有。客厅里面总是一对弹簧靠椅，一架安乐椅。所以我虽然住的是最便宜的房子，并不苦，你务必放心。就是一样：阳光不够，白天也要开电灯。便宜房子不能样样都全。我最快活之事就是从此每月能照常省钱寄回家，你既然省得心焦，我也不必像上三个月那样一天到晚子像坐在针毡之上。从下月起我打算每个月买些零碎有趣的东西寄给你同小沅小东。今天起学校因时症流行，提前放假，到阳历正月二日才上课。假期中一定多写信。搬家不搬，你自己尽管作主。

　　　　　　　　　　　爱夫，沅　弟弟十二月十四晚第六十一封

六〇

霓妹妹我的爱妻：

　　我忙了五天，今天是礼拜五，可以稍为喘气一下了。我本来念四样功课，今天退去了一样，因为身子不济，受不住这么重的功课。下一季也只照常念三样。不过这样一来，就要迟三个月毕业。这就是说我到阳历年底才去东边哈佛大学。你可以在长沙多住三个月。我近来念书忙虽说很忙，却极其有趣。法文德文英文，样样都念。将来回国教书译文，真是好处无穷。昨天晚上看一本法文书，里面有一个故事，说中国从前有一个皇帝专门好改装私访，看百姓私下讲些什么话，对官员满意不。有一天他访到一个强盗家里，强盗请他在客厅上面坐一坐，自己却走了。那皇帝还不曾坐稳，就觉得他那椅子往地板底下陷进去；等到停顿下来，他四面一望，原来他陷进了一间四不通气的铁房子中间，墙上挂着许多割下还不多久的人骨头。正在这时候，忽然不知从那里走进一个凶人来，他手执钢刀，要来杀死皇帝。皇帝心生急智，他说："你杀死我又有什么好处？我身上就只有这么一件烂衣裳，我告诉你，不如拿许多水草条子来，我好编成一块脚垫子；你把它拿去皇宫里卖，包你卖得了一千两银子。"这恶汉子回去告诉了他的强盗主人，倒居然答应了。皇帝就在这块垫子上面编成一个暗号，这个暗号只有皇后娘娘懂得。等到垫子编成功，送去了皇宫之内，立刻把强盗同那恶汉子擒住斩首，救出皇帝来。皇帝回宫之时，叹气说道："当初幸亏学会了一行手艺。不然我这条性命早已送去了。"这故事原是阿拉伯文。翻译成了法文，不晓得你喜欢听不。要是喜欢，我以后再讲。我上次那一封信写完之后，睡觉不久，就作了一个梦，梦见到一座大房子中间去。一个池子，中间开着荷花，四边是走廊。我坐在厅子当中，听见知了尽着叫个不住，好像是大声痛哭一样。我醒转过来，还只半夜，真是说不出的伤心。我白天尽想，为什么作了这么一个梦？后来恍然大悟，是因为头一天晚上写完那封信给你以后，我吃了最后几个桂圆，从桂圆就想到莲子，就想到荷花。所以作了这么一个思家梦。我还有好多回在梦中和你相见，半夜醒来，我心里想这到第二天早上一定要写信告诉她，她是谁？妹妹，你猜一猜。那晓得又睡着了。等到醒转天亮，不凑巧就忘记了。这都是功课忙的时候作的梦，精神太累，所以容易醒转来忘记。无论怎么想也想不出，又立刻要上课，等到上课完了回来，更是想不出了。那个荷花大房子的梦凑巧是礼拜六晚上作的，当天歇了一天。第二天又没有功课，所以记清楚了。你有一封信说衣服不抽税，因为加了照相，就抽税了。那不然，不抽税是说在中国不抽税；到了美国来，还是要抽税，不过抽得很少就是。绣花不过多重不抽税，那也是说中国。到了美国来，抽税极重。所以以后什么都不要寄了罢。就是中国菜，在这里中国店里也买得到。你寄来邮费太大，还是不要再寄了罢。上次许多东西，茶叶还留着一罐子，荔枝我留了一个作纪念，将来回国时候，不知道要压碎不。以前你寄许多药给我，我也留下一点作一个纪念。我对我的妹妹实在是一片真心。如今我那小妹妹有时虽然生起气来，我并不见怪。自然我不能寄钱，难怪小妹妹要着急。只望小妹妹原谅我罪有可赦，那就好了。隔了七天不曾接到你的来信，好像已经一个月一样。我要不要怪小妹妹呢？不能，不能。我简直不敢往下想了。不知小妹妹怎么想法过年的。唉，都是我不好。妹妹，求你饶我这次罢，我想到再隔二十天又能寄钱给你，心中稍为宽松一点。你能不能让我毕了业就回去呢？

爱夫，沅　一月十一日晚第六十七封

六七

霓妹我妻：

这几天因为左思右想，到底是去别个学堂念书呢，还是仍然在这个学堂呢？所以苦得很。现在算是决定了，仍旧住下，明年毕业，准回家去。我这一晌心绪欠佳，什么事都懒得作。拿寄信单一看，居然有十天不曾写信给你了，这把我吓了一跳。三月二日到的信我还当是已经回了你的信呢。我十分相信你，你不必多心。你这样辛苦操心，我要是再疑心你，我真是没有心肝了。小沅小东近来都好了吗？唉，明年不到，我一刻不舒服。回家以后总要让你同两个孩子过舒服点。咳，你并不是无能的母亲，是我是无能的父亲。只望明年早到，我早点赎罪罢。你作手工也不要太作多了，只作一半好了。身体要紧呀。我的妹妹，我以前那几封信写得不很亲热，你看到自必伤心，我请你宽恕罢。妹妹，以后千万彼此不要疑心，省得你也难受，我也难受。二月寄的钱想必等十天你就收到了。这叫作"千里鹅毛"，也是无法。以后每两个月寄一次，虽然不能多，总要次次不错过；你也免得记挂，我也免得不快活。妹妹，你不要以为我在外国快活，要是在国内有一个事情长期作，我也不至于到外国来了。唉，明年快到罢！好快点夫妻儿女一家团圆！好久不曾寄零件东西给你，等下月看上课后买书要用多少钱。如其用得不多，总可以买一样古怪东西给你，上次信里说的就是。照相太花钱，等阳历年底半价时候再照罢。能剩（中缺）子的道理没有别的，就是一个宽字。妹妹，你要知道，一个男子，只须他有良心，他总会回头的。妻子只要忍耐，丈夫一定对她好。妻子千万不可吃醋着急，那样把男人弄糊涂了，最危险。因为男子一糊涂，什么事都作得出（三月六日）

接一月廿九第三封信，我看完之后，真是说不出的快活。你这封信是一片情，一片理。我今天中上包管可以多吃一片面包。以前那几封信我看完以后总是成天的不快活，想必你看到我的信时候，有时快活，有时不舒服，也同我一样。我从此要封封信能教你快活。夫妻相隔这么远，只靠着信过日子，我岂肯让你不舒服了。从此你就是有时教我不舒服，我也要忍而又忍，不写一个字教你看了难受。小东断奶不太早吗？这种事情我不十分清楚，你看着办好了。只有一件事，如男女平权，女子也能作很大的人物。我指望小沅将来作一个大实业家，能够在大工厂里作总工程师；或是造船，或是修铁路，或是造飞机，或是造汽车，或是开矿，或是发展农业，我如今很反悔，从前不曾学得工业。如今中国改造，最用得着这种人材。中国人作文章是很会作，就是不会造机器。中国不富不强，便是因为这个原故。我很希望小沅能作一个大英雄。小东我指望她作一个大艺术家，或是图书，或是音乐，或是文学，女子性情最宜于这各种。现在西方各国，不单女艺术家多得很，就是女议员、女飞行家、女市长、女律师、女科学家，都多得紧。他们小学校里教员都是女子，中学校也有一半是女子教书。大学校也有不少女子大学教授；店中店伙，无论大店小店，十个当中有九个是女子。所以外国女子真是同男子平等了。我如今越同你过得久，越觉得你好。你的能干实在可以佩服。外国女子也赶不上。你不像普通一般女子没有志气，嫁了丈夫就完了。你简直是永远精明，永远要强。我们这个四口的小家庭差不多一大半是归你一人撑起来的，我真是又惭愧，又感激。我只求你不要作事作得太过，免得内伤身体，好让我回家之后能够大大报答你一番，图一个三十年的后福。妹妹，你千万记着我的这番话。还有一层，两个小孩子都要紧，要想将来作大事业，必得小时把身子养好。如今不似从前重男轻女了。在外国简直是重女轻男了。就拿我们这个小家庭来说，老实一句话，实在你比我能干得多，要紧得多。我要设法，每两个月多寄五块美金，一年之后，那笔借的钱可以还清了。还有你手工得到的钱同房钱拿来家用，我也要还你。这是你的私家钱，我应该还的。我虽然不能寄每月四十，只能寄一半，我却希望你合作，将来我当然还你。手工不可作得太多，免得伤身。就像这次你手指作痛了，我真心痛。你进学堂我很赞成，用钱仍然照这个数目。或者过得好一点，以后我作事一定十分小心，不肯像从前那样作衣，上了人当。你请放心。桂圆等等都收到。有信告诉你，不曾收到吗？罗先生处寄去《三星集》，也好；说不定能卖出去，寄钱给你。两个罗先生都在清华，所以封面事很容易办，你放心好了。学堂随你进什么学堂，不过功课轻的，进了学堂以后，手工自然更要少作了。功课要是觉得吃力，简直就不要作手工了。总之用钱照每月四十的数目，我寄一半，那一半归你设法。我一定还你。你的身体我要你珍重，不要过于劳苦。这是我唯一注意之事。外国搬家很方便，只要一块钱就搬走了。我这又要搬家，因为我住房下是地窖。地窖中是火炉等等，冬天暖和，春夏就不成了。并且常有煤气不卫生。这次搬的房子是二楼，好了。我搬来搬去，都是一条街上。所以搬家并不费钱，我很明白。我这个身子并不是我一人的，你也占一半，我决不至于让你作那个军人的妻子。还有一样。我作诗是为中国作事，我也要爱惜身子。你的信我看了都十分喜欢，没有一封不留起，那会讨厌呢！等到明年回家，我们把彼此信件拿来对着看，那是多有趣！罗先生大半会来与我同学，我因为近来觉得文学无用，很想劝他学工业或农业。他近来为了自己恋爱，不管父亲，所以家里不寄钱给他了。他只靠了卖文章混这半年过去。自从北平以来，我完全死了心相信你，你不必多心。将来彭先生的事情还要托你一力成全呢！罗胖子先生也说不定会来这里同学，那样这一年就容易过去了。你这一封信写得实在太好了，我如今精神很好，又可以写长信给你了。我这一封信到的时候，你想必已经进了学堂。你在家有小沅小东，到学堂有朋友，真是热闹。我只望你的精神一天好似一天，不要害病，我就宽怀了。我主张你进学堂，便是这个原故。下次再谈。

爱夫，沅　三月七日第七十六封

七四

霓妹爱妻：

　　日记的方法很好。我把昨天各件事情写下来给你看看，起来以后，漱口，刮胡子，洗脸，从楼梯口拿牛奶进房。这地方牛奶比芝加哥便宜，一天六分一瓶。奶倒进碗里，加炒米，炒米是一角三分一盒，可以吃四天，是黄颜色，不曾去米皮的原故。米皮其实最补，所以红米最好；因为红米不曾去皮。上课，中饭在中国馆子吃。五角，一碗饭，一大碗炒肉片，加白菜，芹菜，青椒，不辣。这本要七角，因为我同他们商议定了，便宜两角。我下午写信给上海徐先生。我们从前住北平，不是卖了一本书给北新书局吗？到现在两年，才印了出来。我们应该有五本送的。你还记得不？我问徐先生，请他问北新，已经寄来了美国没有。要是没有，就由他们书店寄一本给你，一本给二嫂。晚饭又上中国馆子。吃的面，是很细的面条，炒焦了。另加白菜，肉片等等，同一点蛋丝。七点钟本城中国学生开会，会里我遇到一个同学，他跟我同船来的，他也已经结了婚。据他说他只寄过几个月的钱，每月十块左右。他这还是同她商量好的。他们从小一同长大。这样说来，我实在不算坏人。一头要撑起面子来在外国念书，一头还要寄钱家用，固然不能怪你着急，也不能怪我寄钱太少。好在这两年已经过去，我就要回家了。只望武昌这事情不踏空，那时候你也不要受罪，我也不要受罪，两个小孩子也沾光了。二嫂说薛姻伯下半年安葬，她还要帮着料理半年，明年春天想必她就不再住在娘家了。只望我这事情没有变动，作了半年，这半年里替二嫂当心找一个武昌的学校教书，那时接二嫂到武昌同住。不是最好吗？如意珠秋天听说要考杭州艺术院，春假暑假，可以回武昌家里过。七妹如今怎样了？现在这种世界，不比从前了；女子总得学到一种职业，才能嫁出去。嫁出去以后我们哥嫂才能放心。我们家里穷，没有嫁妆赔她，就是有嫁妆，也用得完；惟有职业学成，才是无价之宝，这层你务必向她说清楚。大人不见小人怪，我们作哥作嫂的对这无娘的小妹妹最好是当作自己儿女看待。她一时糊涂，将来总会明白。我们拿好心感动她，她自然要知道那个嫂嫂待她好些。（四月廿日）

今天廿二，天气很好。昨天下了一天的雨，昨天下午去一个同学马君家里。他在美国结的婚，妻子也是留学生。小小一间房子，有一个女儿才八个月，长得很大，并不十分活泼。不知小东如何？要是小东像你就好。月经绵、彩色放大相片都收到了吗？相片压坏没有？月经绵浸水了没有？夏天回家一定带些奇怪的东西，回家给你，给小沅小东。我希望他们两个兄妹，你都一律看待。你可替我告诉他们，父亲就要回家了。回家看母亲同沅伢子东伢子，教他们念书作事，问他们愿意不。妹妹，我觉得我们有了两个孩子，我们宁可这五年之内专门一力把他们兄妹两个好好带大，作将来新中国的伟人。我们不要多生，省得家用困苦。我打听到一种药，你拿了放进去，立刻化了。我们同床，决不会生孩子。一点不痛，一点不危险。将来五年十年之后，要多生孩子，不用这药就是。（廿二日）

今天我作的一篇文章教员在班上念了，面上很是风光。另有两样功课我又是同教习不对头。我把它们退了。那知退课要两块钱，这是月底，房钱早付了，饭买了饭票，用到月底，这两块钱那里出呢？幸亏智上心来，卖去这两门功课的教科书，哈哈。

沅　四月廿二日第八十三封

七八

霓妹爱妻：

　　你太好了。我觉得你简直是世界上最好的女子，最好的妻子，最好的母亲。我这个丈夫实在配你不上。我不知那生有福，幸而得了你作妻子。你四月十九写的信真好。你那种勇敢的精神，男人都很少赶得上，更不用说女人了。廿三接到你四月十九的信，当时写了上面几行。这些天因为房子太热，每天烦躁得很。写不下信去。再隔三天，到六月一号，我就搬家。我近来还不曾接到彭先生闻先生第二次来信。不知武汉大学究竟怎么。不过据想，闻先生是本地人，为人又好，想必不要紧。就是一层，武汉大学薪水最大，别的国立大学都赶不上。这层到秋天恐怕要改作同别的学校一样。现在国立学校都要扣薪，打个折头，不能全发，政府中办事人员也都是这样。不过这也不要紧，多住一年，将来回去，还不是要教书？那时候还不是也要扣薪水？我算薪水打个折头，一家人还是很够过。所以我还是决定回国，并且有时印书，也能收一点稿费。如意珠考进了杭州艺术院一年级，已经上课了。二嫂说等薛姻伯安葬后就去杭州住，好同如意珠在一起。我们一时大概不能接二嫂同住，只好稍有储蓄时候，按月寄些钱去杭州，这样最稳当。将来总要百无一失，才能接二嫂同住。这件事不要像从前由南京中正街搬什么巷那么冒失才好。薛姻伯处我想我们不必另送东西了。三哥四哥自必已经用兄弟三人名字送了礼。将来如意珠出嫁，我们多送东西最好。这两天真热，我房间在厨房上面，你看热不？好在三天后就搬，请不要记挂。我想到回家，精神就舒服了三分。要是在家，还不是穿单衣？在这里偏要穿呢布，这种"文明"我真不要。文明是要人舒服才对，叫人难过，夏天穿呢布，我只好称它作野蛮。还有吃生肉，外面黑皮，里面红心。咦，不说了。吃好菜的时候快到了，不必着急。爱妹，你也快吃好菜了。

沅哥哥　五月廿八日第九十封

八七

霓妹爱妻：

六月十八廿四两封信收到了。端阳节我们梦中见面，何如中秋节床上同枕。我本月底准定回国，八月廿二到上海，八月底我们就要重逢了，那时还不到中秋呢。东西你都喜欢，我很快活。相框子里面刚好放我的小照片。我当时买，正是这样想。手袋子送了别人一个，并不要紧。我未来西部之前，买了一个一块钱的，拿在手里，上街时候很好看。零碎东西都可以放在袋里，省得累赘在身上，又重，又教衣裳不整齐。我把这个袋子带回给你的时候，你一定会十分高兴。游西湖并不难，以后我们每两年内至少要到外面游历一次。妹妹，你看好不好？这里凉快，一点不热，务必放心。上次那些发网，有些不是红红绿绿，用丝线网成功的吗？那是子女运动时用的，不过可以作为别用。我们床上运动时候，你把它带起来，一定有趣。现在我又买了一种扎发宽带，也是预备你用。外国女人穿的汗衫短裤我也替你买了不少，各种各色，真正有趣。都是人造丝作成，凉快，利落，夏天最合适。这种衣裳我替你买了十几件，好看，却不便宜。（廿四）

昨天廿五去买船票，那晓得票都卖完了，一直要到九月十一才有空舱位子，这才可恨呢。不过也无法可想，只好等罢。这一个多月没有事作，且把一首长诗作起来。最可恨的是我这两个月当中不能看见你的来信。我上面不是教你不要写信来了吗？因为就是写来了，我也看不到。只好等十月三号到上海的时候，立刻赶回家去，把你搂抱在我怀中，尽玩，尽玩，发泄这两个月里面的闷气。前天因为一时高兴，看到你信里说你喜欢那些东西，我忍不住泄露出许多消息来，把许多东西都告诉你了，这些我本来打算回家以后，让你忽然看到了，大大快活一下，如今一时忍不住，说出来了。好在一样，我说得不十分仔细，你再猜也猜不出它们这些东西是个什么模样，必定要到看见时候，才会知道。我从前写到菜根香的信，你都收到了吗？有一封最要紧，里面说的"皮枪大战女妖"是许多首诗联在一块。这封信不知你收到没有？只好等回家以后，才能晓得了。这几天不爽快，因为天气半阴半晴，又不下雨，又不出太阳。我这几天想着回家以后，我们应当多多出外呼吸新鲜空气，不可闷在家中。你上一封信讲替彭先生龚女士作亲，这个很好。彭先生极其正经，诚实。据你信里看来，龚女士也是正派，不是花胡哨子。这个真是再好不过，两面恰恰相当。我到武汉以后，就告诉彭先生进行一切。你教我买大张图画，不容易。我要了一本目录，将来你自己挑选；要买那张，就买那张。这是一个颜色的。彩色的我还不曾找到目录。怕没有希望。我另外买到一些画片，是什么如今暂且不说，等你看到，看你喜欢不。这种画很好，据我看来，你一定会喜欢。我动身还要四十天，这四十天之内，实在有点难过。前一些时候看报，说欧洲有一个女子，从十七岁一天忽然睡着，再叫也叫不醒，一直睡了三年，到今年春天才醒了过来。我真希望这四十天一觉睡过去才好，省得热锅上蚂蚁，进退不安。这次见面，我希望不要像上次北京那样害羞，好像新娘子一样。要是再像那样，真要急死我了。那不是我一个人的事情，那是我们夫妻两个人的事情。我有一半份，你也有一半。妹妹，我求你务必记清楚这一点。两年不见，不知秋天初次见面时，心里如何。

　　　　　　　　　　爱夫，沅哥哥　七月卅日第一百〇一封

九〇

霓妹爱妻：

　　昨天二十五，礼拜。下午整理箱子，把你寄来美国的头九封信看了一遍，好像老夫老妻谈到成亲的第一夜一样。今天二十六，离开船只有半个月了。见妹妹越来越近。昨天有德国大飞船从日本飞到美国，两万里的路只要三天飞完，你说快不快？我要是能坐这个飞船回国，那才快活呢！今天自己炒豆腐吃，是中国菜店买的。另外加现成的烤肉，酱油，葱叶，很好吃。（二十六晚）

　　二十号到昨天二十七才发，误事了，想必累你等了两天。今天二十八，越过越快，心里十分快活。想到两年分别的霓君又要见面，向不曾看见过的儿女也要看见，昨天红豆炒香肠，今天酸菜煮豆腐，今天菜也咸，把茶叶泡了一大碗茶。喝下去，才舒服起来。这茶叶就是你寄给我的。这离动身只有十三天了。哈哈，皮枪战女妖的时刻快到了。我劝女妖把法宝赶快预备起来吧，省得皮枪战胜。

今天三十号，晚上煮的面吃，是中午留下的豆腐烤肉，加进面里，再加猪油酱油。今天离开船只有十一天了。快活啊。这几天看的小说。你上几封信教我多写信给二嫂，我平均半个月写一信到无锡。这一封信里说我们俩个到春假或者暑假一定带两个孩子去杭州。你以为何如？我想武汉大学总是九月二十左右开学。我总要十月六号才能到家，十月三号到上海，再坐船到汉口，再换车到长沙。到长沙以后，就要立刻赶到学堂里去。我到上海的时候，会打电报给你，你好早几天把东西收拾好。我一到长沙，就好搬家去武昌。你要是看见我的电报上有"湖北"两个字，那就是我们要去武昌的意思，你可以赶快收拾，要是我的电报是一个"到"字，那就是没有事作的意思。要是别处有事，我电报里就写明别处的地名。我已经教彭先生他们写快信到上海。我一到，赵先生就会把信转交给我。万一武汉的事情不成。他们也早替我在别处找到了事情。这是退一步的说法。武汉的事情决定是十分可靠的。

爱夫沅　八月三十晚第一百〇六封